中国出版集团
现代出版社

U0628956

# 城与乡

楚些 著

图书在版编目（CIP）数据

城与乡/楚些著. --北京：现代出版社，2016.4
ISBN 978-7-5143-4826-2

Ⅰ．①城… Ⅱ．①楚… Ⅲ．①散文集－中国－当代
Ⅳ．①I267

中国版本图书馆CIP数据核字（2016）第070065号

# 城与乡

| | |
|---|---|
| 作　　者 | 楚　些 |
| 责任编辑 | 李　鹏　陈世忠 |
| 出版发行 | 现代出版社 |
| 地　　址 | 北京市安定门外安华里504号 |
| 邮政编码 | 100011 |
| 电　　话 | 010-64267325　010-64245264（兼传真） |
| 网　　址 | www.1980xd.com |
| 电子邮箱 | xiandai@vip.sina.com |
| 印　　刷 | 北京一鑫印务有限责任公司 |
| 开　　本 | 787×1092　1/16 |
| 印　　张 | 15 |
| 版　　次 | 2016年4月第1版　2022年7月第2次印刷 |
| 书　　号 | ISBN 978-7-5143-4826-2 |
| 定　　价 | 49.80元 |

# 文字的世界

世界太庞大了，卡夫卡说过：**你端坐不动，大千世界会自动向你涌来。**也就是说，无论在哪里，我们只是其中的一滴，眼泪或者其他。更让人悲观的是，有些时候，这一滴又是如此的空虚，竟让人不能承受其中之轻。

但数字的庞大并不意味着压扁所有的弱小身躯。爱尔兰的叶芝向20世纪的人们呈示：**一切都瓦解了／中心再也不能保持／只是一片混乱／来到这个世界里。**是的，混乱在追逐着我们自己的生活，并压迫各自的身体，正是它，将共历的庞大矗立。

隐士的时代在中古就已经终结，在此之后，我们必须走进一场庞大的雨中。像那些鱼，在最后的水滴蒸发后，蜷伏入泥泞，呼吸成为可能，腐烂成为可能。

拒绝腐败的唯一方式就是呼吸，呼吸既是生命的维系，也是生存的挣脱，这样一来，一个直接的后果便产生了，选择什么样的空气最终决定了呼吸本身。能够解决呼吸的稻草实在太多了，几乎覆盖了这个物理世界的一切能量。在古老的墨西哥湾，一群肉食类恐龙，这些世界之王，为了唾手可得的猎物相继踏入沥青池中，它们立刻感觉到呼吸的沉重，于是，拼命吸进那些有毒的气体，肺部很快便被毒气充满，以最快的速度结束了自己的霸王之旅。在这一则真实的地质寓言中，关于呼吸的古老象征就已经诞生，而大批的后来者，仅仅是将此寓言充实。

晚近托尔金的史诗小说《指环王》，借助北欧神话的外衣，讲述的同样是一次呼吸事件。在这个故事中，中土世界的安危系于人类对于一枚指环的选择，而本质上是对欲望和力量的选择。欲望和力量这对魔方，既构成了对于人类最富于蛊惑力的呼吸稻草，同时也拼接了呼吸的渊薮。强心剂反而成了催命针，这难道就是米兰·昆德拉所嘲笑的人类屡犯屡错的戏剧性事件！托尔金借助指环这一小小道具，表达了他对历史与现实的深刻忧虑，而在作者逝后，广岛的核爆炸，冷战，霸权主义，外太空的争夺又相继登台，故事还是那样热闹，只不过，指环被换成了铀235。

统治的欲望，强力的历史，这些本性的问题，本原上取决于地球生物进化史上的丛林法则。庞大也好，主流也好，幸好并没有构成文明史的全部，形成分支的历史性瞬间产生在太初有词的降临，比如在《旧约》中，上帝说"要有光"，便有光运行于水上。这最初的语词，照亮了混沌的大地，其意义用最光辉的语言来礼赞亦毫不为过。在中国，关于文字创立的古老记载是这样的："昔者仓颉作书，天雨粟，鬼夜哭"，天与地，在此小小的符号面前，竟然颤抖不已。考证开来，这也许不是一次实在的事件，但谁又能否认其中的寓言含义！

自从太初有词的诞生，先知时代便被开启。先贤们利用语词第一次实现了对现实的独立思考，意义问题随之诞生，文字成了呼吸的另外可能，一条深刻的河流从此有了它的源头。

同样的神奇还发生在中国的中古，在大批的杀戮面前，一批人躲进了文字的世界，他们借助口腔的运动，在语词中实现了梦寐以求的挥洒自如，文字的奔突如行云流水，心性实实在在地自明开来，高踞于峨冠博带之上，语词的形而上意义就此完成，这次不同凡响的事件被后世的历史学家称为"清谈"。

　　也许文字的存在才真正造就了对这个世界的能指，我们也因此不必对呼吸的可能绝对地悲观。

CONTENTS
**目录**

第一辑

# 老城的表情

# 写在城市边上

　　天津作家冯骥才先生有次在京陪同美国友人参观访问，步行途中，作家对美国朋友们不无意味地讲了一句话，他说：在中国北京的街头巷尾，很随意地踢到了一块砖头，如果掘起来考究一番，也许就比美国的历史还要长。

　　在中国，像北京这样的城市还有不少，至于那随意踢到的一块砖头，恐怕愈是数不胜数了。但若说到最富有古城韵味，表征帝都气息的地方，我始终认为还是以西安为上。洛阳、开封、北京、南京这些城市比起西安来，在气象上尚不及其浑厚。秦汉古地，不仅是我们文化的源头，也是民族性格的开端。

　　文明的薪火相承在物质层面上对城市总是情有独钟，尽管有关种族的深层心绪最终要落脚在神话、史诗、宗教的怀抱中，对城市的奢华了无兴趣。而民族气质这种精神性的面相，需要长长的一段时间费心研磨，终归比不上庞大的器物散发出的时间气息，比如一段城墙，一处雕刻，几块石头，等等，以直呈形式告知尔岁月的真相。古城正是这些庞大器物集聚的地方，器物们用另一种语言和我们相互打量，它们越过喧哗这一通俗过场，以绝对的静止直截拍打人们的眼神。因为它们自身就是语言的物质形式，这些固体语言或满脸沧桑，或如冰刀般锋利，诉说着一座古城的过去，让后来者明白一滴水的大小，明白祖先的荣光和时间的衰败气息。

也许是因为保有唯一持续发展的势头，华夏文明才得以存留了如此多的古城在此大地上栖息，它们星罗棋布，不规则地散落在江河湖海的边沿，是一种文明重心不断迁移的有力见证。尽管其中的一些城市在文明的链条中被某种力量撕开了口子，掉落下去，比如东北的黄龙府，西北的楼兰、高昌古城等，但其整体上的延续并没有遭到太大的切割，比起水下的庞贝、亚特兰蒂斯，森林中的吴哥，高山中的马丘比丘，中国的多数古城并没有悬浮于一段时光之中，而是与时光一道以特定的符号将飘忽不定的历史悄悄定格。也就是说，中国的古城大多是一种"现在进行时"的状态，所谓的"古"并非指的是器物的古老，而是名号的古老，有了这个名号，历史便可以夸耀地活着，其目的当然也是为了今人。

真正的秦砖汉瓦在地面上已经很难寻见，尤其是在古城里，就算是历史极为悠久的西安也不例外，在今天西安的城墙里能找到多少块属于秦汉唐的砖头，谁也没有太大的把握。比如说秦代，阿房宫被项羽一把火烧掉了，始皇陵到现在也没有开掘，兵马俑藏在了地下，到了20世纪70年代才得以重见天日，那几个著名的秦代石鼓与兵马俑一样，不仅发现的时间很晚，而且发现地点也不是在西安，或咸阳这样的古城里，秦代的物质遗存，最有名的也就是这几样了，其遭遇也不过如此。另一方面，上面提及冯先生之所指也没有什么大的差错，只不过，那些物质符号并不是集中于某个古城中，而是散落于大地四处。我所在的老城开封，周遭也围着一圈相对完整的城墙，于20世纪90年代重修之后，光鲜明亮，在声名上也直追老城西安，实际却是老城在下，新城在上。虽然修旧如旧的技术日渐成熟，但其中一部分毕竟还是现在时态的修建，那些更加古老的砖瓦不是没有，而是深埋在地下，站在平地上的我们，是看不见的。

而在欧洲，除了修道院和中世纪的古堡残存于僻壤之地，其他物质遗存则多集中保存在现在的城市里，无论是布拉格、伦敦，还是彼得堡、维也纳、伊斯坦布尔，或者更古老的罗马、雅典，在城市里找出几处四百年以上的建筑，可以说是很轻易的事情。而欧洲城市的历史，除希腊罗马以外，严格意义上只能从8世纪算起，到现在也就是一千多年的光阴，相比较之下，华夏的城市在保存自己的物质遗产方面，实在汗颜得很。开封这座古城，在10世纪成为宋代的都城，也是当时世界上最大的都市，但在今天的城市里，最古老的建筑遗迹也就是清代的了，而且还是以清中后期为主。铁塔、相国寺等，名号虽然还是始于宋代，但其内容，却是后来者经过不止一次仿制的结果。

还是以城市为例，当年的巴黎为了举办世博会，在著名的卢浮宫、埃菲尔铁塔附近修建了几座现代建筑，世博会结束后，巴黎这座城市又不惜重资将曾花费了巨额资金的现代建筑做了个整体搬迁，原因很简单，就是因为这些过于现代的建筑立在一大堆古建筑群中，破坏了城市的整体布局。为了保护作为古城的巴黎，当年的设计者们做出了精细的规划，区分出新旧两城，在旧城里不得有任何新建筑的加入，所以，无论是世博会的现代建筑，还是在蒙巴纳斯打造高层建筑的立意，都要在这一文化态度面前让步。

旧瓶装新酒，于我们这个古老的国度，不仅在制度等意识形态层面忙个不停，而且在物质层面，同样是吆五喝六，走走华夏大地上任何一座古城，你就可以饱尝新酒的复杂况味。

古城里找不到什么真正的古物，这是特色中国的地方特色，却不妨碍很多古城照样夸耀着历史，这实际上是对悠久历史的最大反讽。一方面，利用古城的名号发展旅游，赚取经济效益；一方面，津津乐道于星级酒店的重复建设。我们的古城，有着太丰富的复杂性，让人哭笑不得。

按说，一种以守成见长的文化对古老的物质遗产该是精心守护，不错，我们的老祖宗是很守成，不过，并非是在文化建设上，而是更多集中在现实利益的纠葛里，藤蔓再长，还是要绕着利益这棵大树过活。生死关头，玉帛要紧，其他的想毁多少就毁多少，干卿何事？

古老物质遗存的散落，归结起来，与时间的锋利而致的沧海桑田并没有太大的关系，是的，我们的文明和民族的忧伤一样古老和悠长，兵火水燹，狼烟四起，皆可以轻易地在遗存上切割出深深的伤口，但这并不是最要命的，最要命的是起义军的火把、清兵的屠城等等此种形式。汉语中有一词，叫"片甲不留"，很形象地道出了个中秘密。每每的改朝或改制，皆是以毁灭性为代价，当年秦统六国，书之存留不及十分之一，人口锐减了三分之二，而高祖取秦而代之后，那么大的一座长安城，连几匹像样的马匹都找不到，出门只能以牛车当步。问题是中国的历史总是这样一翻一覆，想一想，那些煌煌如炬的古物，有多少才能经受起如此的折腾！

除了毁灭性动乱之外，另外还有一个根本的问题，那就是：态度。福柯说过，文化就是一种态度。这个态度是什么，鲁迅先生早就做过最深入的回答，他说，中国人最大的毛病并非是顾家，而是眼光不远。所有的古城的存在，在今天，都需要看看现实的脸色，没有一座能够逃脱被复制的命运，即使一座城市专意收集了许多古老砖瓦、石斧、陶器，究其缘由，也不是为了保护，而是展览。

记得当年，新中国刚刚成立，北京城在拆除钟楼和旧城墙时，专门把当时中国最权威也是视北京古城为生命的建筑专家梁思诚先生外派出了京城。回家后的梁先生，面对已成废墟的地面，作为政协委员的他，掩面而泣，这真实的眼泪里，蕴含着我们文化特有的酸楚。如今，2008年的北京奥运会，业已成为城市新增的荣光，北京的口号是"新北京，新奥运"，想一想，北京这座古城除了"新"之外，还能"旧"起来吗？

# 站　牌

　　103路，靠近金明广场的地方，一南一北竖着两块红色的站牌。这是距离我最近的两块站牌，通常，从家中出发，需步行10分钟左右才可抵达，一往一来，记录着我一天的起落。站牌不大，与这个城市所有其他的站牌一样，以铁为质，以漆为衣，上面标着各个不同的地名，鼓楼，汴京公园等，有些地名与我朝夕相处，有些地名于我而言，仅仅作为空洞的语言而存在，我从未想着抵达它们。

　　城市里的站牌从来就是相似的，而每一个站牌下的等待也从来就是不同的。有些等待可以量化，有些等待却不仅仅是为了抵达。

　　103路的这个站牌对于我来说，总是我抵达的第一站，无论风来雨去，这个事实从来不会改变。如若要给它以定位，我总有些犹豫，该怎样去描述它呢？实在让我不定，因为它既非这路车的终点，亦非起点，我甚至不敢断言，它离哪一个端点更近一些。城市的公交路线，起点也就是终点，双重的面目使剩下的每一站都趋于惘然，就像人生中的某个节点，丈量开来的话，从来就是模糊的，最初的起点，我们都没有记忆，最后的终点，我们都无法预料，彼此的手上，永远握不住真正的距离。

站牌的背反两面皆有黑体的文字，在红白相间颜色的背景上显得异常醒目，每一行文字皆指向具体的提示，城市文明的细致入微，在这里得到了准确的暗示，就像厕所墙壁上的明确标识，文字，图像，英文等等，一应俱全，对某种底线做了最认真和全面的规定，绝不像乡间厕所那样男女通用，那般混沌。

只有在相往的间隙，我才会在站牌下停留，并得以细致地打量它，至于对面的那个站牌，那只是我归来的端点，通常是要省略的，我也从来没有把自己的等待洒在那里，它的存在与我之间，也总是生长着一些彻底的陌生。我只能描述靠南的这个站牌，这个站牌记录了我许多一天的开始。它的旁边，是一座亭子似的建筑，大概是玻璃钢构架，下面是整齐的一排椅子，像鱼化石般固定在那里，椅子的周围则是透明的空间，一些风尘和等待可以自由的进入。还有两根方形的柱子支撑着这个亭子，刚开始站立的时候，上面异常干净，后来，就不断有文字和图画的入住，上方是一些人用黑体字写就的广告，内容多是办理证件，修理电器，疏通水道等，广告的下面还有着联系方式。这些广告基本是非常手段的结果，所以字迹也特别不规整和夸张，像是一道道黑色的纹身，贴在城市的胸脯上。下方则是小学生们的胡乱涂鸦，文字内容多是"王小二会下蛋"之类，不时还有些图画夹杂其中。每过一段时间，就会有专人来清理柱子花花绿绿的身体，不过，事后不久，照旧的内容又会慢慢爬上来，直到淹没为止，这是一场旷日持久的游戏，我只是看客。

椅子是用蓝色漆就，一旦有风雨的过后，就会有许多的泥土附在上面休息，除了偶尔有孩子与老人就座，多数时候，皆是固定的模型。这座站牌不仅仅属于103路，106、107路也在此停留，所以每当我到达之时，也总会发现有许多人已守候在那里，陌生的人群中，我无法确切地知道他们中的哪些人会与我同行，也无法知道他们会到达哪里，这让我想起自己将要遭遇的那些朋友，那些故事，那些时间，会以怎样的方式出没，我这样想着，后来连想象也失去了把握。

在等待车来的时候，有些人注定是要擦肩而过的，但是，为什么，在其他的场合我们又总是紧抱多余的追寻？

从这座站牌上车，有位置的时候就坐下，有老人或妇女的时候就给他们让出位置，没有位置的时候就站在车厢的中部，依着扶手，双眼滑向四周熟悉的景物，然后，在另一个地方下车，转乘另一路公交车，在另一个站牌下开始细心地等待，同样遇见一些依然陌生的人群，直到抵达学校的门口，才会和他们分手。

从一个站牌起人们开始会聚，然后在另一站牌彼此分别，隐没于宽阔的大街，像流沙沉入了远远的草地。如此这般，离别与相会，在城市这个繁复的舞台上总是这样，以最快的速度发生和消逝。

# 草　地

　　阳春三月，风，沿着黄河两岸沉降下来，进入城市，将一些植物和草类唤醒。一些风声在枝叶间停留，更多的风声向着华北平原的中部深入，停留下来的风声，在街巷间穿梭，使那些蛰伏了一冬的感觉，渐渐拥有初步的弹性。

　　多风的季节之后，城市的容颜里便多添了几分尘土，同时，也多添了一分新绿。"春色三分，二分尘土，一分流水"，可惜的是，城市里的河流已经静止，那些随风而至的尘土既不可能沉淀，也不可能被水流带走，它们只能随处拼贴和黏附。就像一场大雪的结尾，那些多余的情感，再也无法牢固地存留。

　　但毕竟有了新的颜色，尤其是校园内众多的草木，它们被人们从各地的苗圃里刻意地找来，集聚在一起，彼此分布在被隔离的坛子里。到了这样的季节，纷纷展开了身子，向周围的空气散发一些清新的气息。相对而言，这座城市里的草木并不很多，只有校园里汇集着成片的树丛，所以，我在春天里的行走，严格说来，是从这些草木下的行走开始的，隔着有形的空间，我的手指虽然无法缠绕更多的香气，侄对于每一次匆匆的行走来说，有清新的气息，或许已经足够。

　　校园说不上庞大，所以，大一些的草坪也就无法入驻，它们只能以分割的形式存在。文学院、外语学院、历史学院等，每一座古色古香的旧楼的前后，都有这些草地的出现。通常情况下，草地上每隔那么几步，皆会栽种上花树，分行分列，规规整整地立在那里，而种类也多是繁复的，繁复得让我叫不出它们的名字。每到植树节前后的日子，也总会有一些新的树木被挪置到空闲的草地上。出于工作的需要，我也数次参加了这样的植树活动，将浅绿的草皮用铁器翻掘，挖出几个或大或小的土坑，把那些经过长途跋涉的树木栽下，再将草皮和着褐色的泥土一块置入树的根部，用脚重重地踩那么几下，植树工作也就完成。每每这样的时刻，我都有些悲哀，这些也是从外地移入的青草，比之原野的草类，当然名贵许多，但在更为名贵的树木面前，它们又必须让出自己驻守的地面，以自我的毁灭换来化成春泥的事实。

　　草地上的随意行走，通常是要遭受禁令的，大多的草地，也经过了整齐划一的人工安排，在人们的视野里，它们因此总是整整齐齐的，只有在植树节前后，才会零乱和强行地被划开。想起那些被划开的草类，被人们有心地请来，又被随意地委弃，开始和结局之间，横亘着不知何以的绽开。

　　三月，并非枝繁叶茂的季节，坛子里的青草却已经有了一片绿油油的模样，像是大棚里栽种的反季的蔬菜。每次下午上完课，归去，走在通往校南门的水泥路上，穿过可以省略的各色行人的背影，我的眼神总是不自觉地落在它们那里。道旁树木上的枯叶尚未落尽，而这些青草的绿色却排开的已很完整，绿色很深，以至于没过几天的时间，便呈现出青黑的颜色。这样的绿色颇令人奇怪，使我想起故乡三月山坡上的草类，刚刚泛青的草类在去岁的衰草丛中零星地探出头来，点缀着尚显干枯的山坡，那份嫩绿，也使原野成为别样的原野。

　　坛子里的青草也总是生长得特别快，这些经过人工培育的草类，生长基因被人们不断地提携。从青青的草尖的冒出，到繁密茂盛的草叶的垂落，似乎隔不了多长时间。于是在另外的时节，我常常会见到有工人开着割草机从它们身上轧过，一堆堆青草的身体在轰鸣声中整齐地倒下，露出粗壮的底部，和泛出白色的茎部，这些颜色是由茎部流出的白色汁体所致，它们是青草白色的血液。

　　坛子里的青草，注定是要被切割的，这个事实在开始被栽下的时候就已固定。它们无法长成成片的衰草，当然，更没有机会领略野火的掠过，只能静静地守在坛子里，一任短暂的春天轻易地滑落。

　　在城市里生活，我只是大街上行走的草类，而悲伤也超不过这些坛子里的青草，我也始终不知道，在什么时候，在什么地方，以什么样的形式，自己会被某些东西致命地切割，我只能在行走中等待，莫名地等待。

# 广　　告

　　在今天，广告引领着人们的消费观念与消费时尚，大概是个不争的事实；在今天，广告对人们身体与精神的占领，也是个必然的发现。从根本上讲，没有人会喜欢广告，那些每秒以百万人民币计的广告的背后，皆隐藏着转嫁的阴谋，但在一个消费主义的时代，人们又不得不依赖于广告的大量存在，我们并不在广告中生活，但广告总是在我们中间生活。

　　每一类别的广告，在发布某种信息的同时，皆是以遮蔽更多此类信息为手段的，这是广告的本质之所在，依靠文字或者影像的暗示而搭建起的幸福瞬间，也是广告最大的话语特色。

　　很小的时候，从收音机里听到"实行三包，代办托运"的句子时，颇莫名其妙了一阵，不知其为何物，直到后来，才知晓原来是厂家推销的话语，这些话语，构成了20世纪80年代粗朴的广告形式。今天看来，广告的内容和形式皆已发展得令昔日无法想象，变得精美曼妙，仿佛一场谎言的编织，外观更加圆整和漂亮。

　　电视里的广告是如此风情万种，可惜的是终归的指向却是媚态百出，未足与议。

纸质的广告尽管以彩色的印页跳出，但依然是轻薄，何况，我现在基本上不再看报纸，和它们终归是无缘。

在城市里生活，于我相关的是那些实体的广告，它们构成了这座城市必不可少的部分，想要了解这座城市，必须穿过广告的身体。

20世纪90年代初期，是我刚刚踏入这座城市的时间，路边耸立的多是墙体或塑钢体的广告形式，内容基本上以本地产品为主，诸如无塔供水、空气压缩机之类。它们紧贴在工厂附近，成为比工厂名字更为响亮的招牌。要说公共场合的实体广告，当然首推火车站及汽车站附近，其他地方，实在少见，许是城市不大的缘故。

从20世纪90年代中期开始，随着中小企业的大量停产与倒闭，企业、厂矿的名称，下岗工人的故事如潮水般涌向耳朵，目光若再从城市的空间里穿行，就会发现，那些过去颇显眼的工厂产品的广告，现在已是字迹斑驳，有图画的部分，早已暗淡无光，即使是车站附近的广告牌子，亦是布满了水渍和灰尘的身子。并非是广告没了，而是广告发生了大范围的位移，在商业区周围的高楼上方，一些更加高大而且精美的广告牌子树立起来，酒类、衣服类、生活用品类的广告，成为这次新浪潮的主角，它们和几年前的广告一样，仍是威风凛凛的。再后来，随着房地产热的升温，许多道路的十字路口，某某住宅小区的宣传牌子雄伟地屹立在旁边高楼的楼顶，以美轮美奂的构图内容俯视着灰色的芸芸众生。这些是所谓黄金地段的广告安排，除此之外，街头巷尾，甚至冷僻的地方，也都有了灯箱、墙体、车载类广告的遍布。不到十年的光阴，城市广告风景的分布，河东河西就已暗中偷换，透过这扇窗户，我们可以多么准确地触摸到物是人非的惊人感叹！

这些实体的广告，构成了城市身体的基本颜色，它们是城市特别想说出而终于说出的话语。仅凭这些话语，你当然了解不了城市，纪伯伦说过："一个人的实质，不在于他想说而说出的话，而在于他想说而没有说出的话，你若想了解他，不是看他已说出的话，而是看他想说而未说出的话。"而对于城市，同样是如此。

静止的广告，开始的贴出，颇令人眩目，日子久了，如冰霜的样子，渐渐会让人生厌。就在依然川流不息的今天，一些流动的广告也加入了风尚的大军，各种车辆的身体，也成为广告的载体，许多人力三轮工人所穿衣服的后背，也成了广告落脚的地方。据说有位来郑州打工的青年，出价30万元，以自己的脸皮作为某类广告的领地，若其心愿得偿，倒也是别样的流动广告的风景。

在这样的时代，看起来，没有什么地方是广告不能进入的，全民皆广的时代，想来也是为时不远。前几天在校门口等公交车的时候，见一人骑着三轮车，车上装着两个大锅，车前的喇叭里反复播出已录制好的声音，内容是这样的：自家卤的茶鸡蛋，卤鸡头，味道好得很！一路喧嚣着，在我们眼前铺排。这是典型的个体广告，借用了日益流行的广告形式，而普通百姓的处理却是如此地温情与朴素，听后让我颇为动容。

这是个普遍平庸的时代，也是个日渐广告化的时代，正是广告，赋予了人们想方设法推销自我的灵感，从衣服到私人秘密，到个人的历史，甚至身体的某一特别部位，都可以成为广告载体，或者广告本身。人成为广告，在这个人性普遍异化的时代，又多了一项多么惊人的内容。

开始是人发明了广告，然后是生活成了广告，艺术成了广告，最后是人成了广告。现代的舞台上，上演的已非庄生梦蝶的故事，无数的蝴蝶都已退走，大量的广告填补上来。这个舞台上上演的内容太精彩了，精彩到每一个人都要从观众变成其中演员，精彩到我们最终的无法抽身。

谢幕只是梦想，而毁灭，却永远都是现实。

# 墙　体

　　窗外，狂风大作，一场暴雨后的大风，借着黑夜的空旷，尽情地游走。几多的窗户，也借着风的鼓动，正从静止的墙中，尽力地挣扎出声音。

　　立着的墙是无声的，或者说，一堵墙的一生，只到倒下的时刻，才会放弃冷静，摔落出一片轰鸣的声音，被大地永恒地收藏。

　　记忆中乡村的土墙，清一色的古老，那时还没有小楼的兴起，在大自然的包围中，始终以低矮的形式朝向。土墙的古老，来之于构成材料土坯的古老，有些土坯，甚至来自几十年前田间的土质，经过打磨和压缩，垒在一起，可以供几代人居住。由土墙而构筑的屋子，通常是冬暖夏凉的。这些年代久远的土墙，虽经历了无数次风雨的剥蚀，甚至在某场大雨之后，大半个墙面湿透的情况下，墙体中曾经柔软的泥土却依然硬实。雨过之后，土墙上常常会出现泥土的泡泡，放在手中揉碎，便会呈现出粉末状，听说是用于止血的很好的材料，我也曾经实验过，居然有效。一般来说，土墙上会有许多的缝隙，人们因此可以插入一些棍子，除了晾晒芝麻、玉米等农产品，另外还可挂上一些必备的工具；另一方面，有些缝隙却非人们主动地掘开，而是时间侵蚀后的自然结果，这些缝隙常常成为蜂类的家，它们将巢安置在土墙温暖的深处，在里面安稳地产卵，抚育娇弱的小生命，并以嗡嗡的鸣叫，感恩土墙的厚重。

乡村的土墙是朴实的，承载了自然和农人无华的智慧。

城市的墙体则是多元的，墙体的多元，为人们提供了多样化的平台，各种欲望都可以在上面随意涂抹。这些欲望被纵向的时间折叠，按照各自所属的地理位置混合地分布在城市里。

我所生活的这座古城的中心区域，排除掉几条主要的主干道和街道两旁的高楼，纵横延伸的便是大大小小的小巷了。这些或正或斜的小街，随意地躺在城市东南西北的角落里，在西风中，懒懒散散地收藏傍晚的余晖，经常是这样闭着眼睛，享受一些余温的照射，它们太安静了，即使是偶尔打上一声哈欠，也很难被远处的高楼听到。小街的两旁，又分化出各个弄堂，里面居住着寻常的人家，他们的房子多是青砖黑瓦的平房，四周疏疏落落地散布着几棵古树，而平房下的墙体，白石灰多已脱落，露出斑驳的墙面。从这些墙体下经过，你可以清晰地看到上面附着的水渍和泥点的印痕，那是一场古老的大雨所留下的记忆。其实，面对这些古老的墙体，无论多么新鲜的大雨，也会被某种古老的气息揉碎，沧桑地散落。这些平房下的墙体，保留了因袭相传的乡村形式，在城市里低低地蹲伏，随世事的错落，又沾染上一些破败的气息，于是，构成了现在文物般的模样。

沿着主要街道排列的是一群鳞次栉比的高楼大厦，它们因占有了更充裕的阳光而面孔红润，纷纷耸起高傲的肩膀，俯视脚底下川流不息的人群。这些水泥混凝土的高楼，墙面由各式玻璃、花岗岩、瓷片构成，圆滑而光洁，像城市里流行的人性。有一些建筑，玻璃成了墙体的主要构成，这是芝加哥学派借着世界市场的开放而四处流通的结果，城市也从来不拒绝流行，即使是平面化、平庸化的流行，这是后话。玻璃的存在，使墙体的透明成为可能，使高楼里居住的人们，在一个相对封闭的空间里拥有了与外界半真半假的沟通，他们可以通过玻璃进入大街上流动的生活，而生活却挤不进他们的生活空间，这正是玻璃墙体的好处。而玻璃的另一个好处是，在有阳光的时候，无论光线的强烈与否，它们皆以折射的形式将光线驱逐，流放到行走的人们软弱的眼睛上。使城市墙体也因此始终保留了坚硬冰凉的形象，预示着城市森严的划定，成为对开放性表象的重要补充。

这些玻璃尽管以色泽的缤纷姿态展出，却总是悲哀的，它们的一生始终要蜷缩在静止的墙中，端居于城市的高处，以免日常生活的敲击，它们也渴望像窗户里的玻璃一样，在风起的时候，摆弄出一番美丽的声音，但它们更害怕破碎，只能很深地隐藏。

在小巷的平房与大街旁的高楼之间，通常有围墙的介入，红砖红瓦的内容，或高或低的形式，靠外的墙面上不断有白石灰的增补，看上去整洁而明亮，不过，要是转到里面查看的话，就会发现它们简陋的模样，似乎在告诉我们这样的事实：进入城市的事物必须学会包装，再简单的物体也不例外。

城市致力发展的郊区，则成了新式建筑的集聚的地方。有一些西式建筑异常彰目，它们的墙体，是一些假石形状的凹凸，勾勒出"原始"的粗糙造型，像形式主义的符号一样，给人们留下玄虚。

城市里的墙体，是一座庞大的森林，弱质的植物，只能在高大的植物下呼吸，更多的植物，正在努力地突围。繁杂地拥挤中，只留下有限的几条小路，供人们的欲望穿行。

# 雨　　后

　　"雨后却斜阳，杏花零落香"，这是温飞卿一首小词中的一句，与苏轼《定风波》词中"山头斜照却相迎"句，似有异曲同工之妙，写的都是一场冷雨过后，却有斜辉的温暖的迎来，蕴涵着达观而向上的心态。不过，这是文人化的雨，是一场雨的冰冷滋味，现实的雨并非全是冰冷的，这也是个常识。

　　尤其是城市，北方的城市，难得有大雨的覆盖。春秋两季，常常是灰尘弥漫，冬季虽有雪的来到，却也很快凝结成寒冷坚硬的冰块。一年中的大部分时间，干燥的气息总是肆意地穿行，遇到晴天，一窝窝刺眼的阳光便像老鼠般，胡乱地游走。因为干燥，道路的上方总是停留着不落的汽车尾气，一些植物更是灰尘满身，尤其是两侧的冬青树叶，浮尘成了它们唯一的衣服，看上去常使人心生哀怨。即使是这般情况，我们也很难断言，整个城市，或者城市里所有的人们是喜欢一场大雨的到来的，再小的城市，也无法将某种愿望特别地统一。不过，可以断言的是，城市里的植物，它们渴望雨的眼神却是如此地整齐划一，在面对一场现实的雨的态度上，它们是城市里的另类。

从春夏之交一直到夏秋之交的这一段时间，往往成为特例，对于城市来说，几乎一年的雨水在这段时间内集中地来到，隔三岔五便能听到雨的讯息，对于那些渴望雨季的眼神来说，这段时间里，他们可以集中地幸福一阵。

除非一场大雨的袭击，城市的容颜很难实现彻底的湿润，小雨的到来，顶多会在高楼的顶部，在城市的植物身体之上，在一些人的内心，会留下痕迹，至于更多的物体，根本无法摆脱干燥的外表。小雨过后，街上的灰尘也会凝结成泥团的形状，不过，这个过程非常短暂，很快便被疾驶而过的车轮碾压，成为更加细小的粉尘。很多时候，小雨的纷扬，却给某些事物，比如植物，比如一些人的内心，带来更大的焦急。

只有一场大雨的降落，才会在城市身上留下较深的痕迹。湿透的城市，角角落落里完整地流露出水意，它们组合起来，形成城市凉凉的身子，这时的它，就像潮湿的苔类，在我们的切身感受上堆积。

一场现实的大雨，在这样的季节随时到来，我们甚至不需等待。急风暴雨中，街上人烟渐少，车辆却大幅度增加了，即使是白天，也纷纷打开了前灯，灯束中的雨线，变得愈加清晰透彻，让人想起了真实的坠落；这个时候，城市里所有的残酷也弯曲下去，还有那些坚硬的情感，也变得普遍柔软；一些低洼的地方，开始大面积的积水，每有车轮驶过，皆会激起或大或小的水花；天空低沉得像一块金属的表面，而最高的楼房则成了它的伞骨。在雨声最急骤的时候，空中的雨地根本不是在落下，而是砸向地面；百米之外的建筑物皆模糊一片，平滑的地面上，到处都有汩汩的气泡，那是急速的水流在下水道的小孔上湍急的结果；一些广告上的人物画像上，从头发到牙齿，都有深深浅浅的水流奔跑，看上去怪怪的样子。

"狂风暴雨后，才有这般清凉的世界"，这是冯至诗歌中的一句。大雨之后，整个城市保持了一种短暂的清凉和平静，一些去岁存留的东西也被冲刷出来，草根、碎屑、塑料袋子等等，还有那些内心的颜色，纷纷散落在路面，在人们的视野中零零碎碎地陈列。更让人奇特的是，朴素的泥巴大范围地驻足，大街小巷的街道，行人的裤管和鞋子，两边的墙面，都有它们鲜艳的行踪，有些泥巴则是从近处的乡村走来，它们和着进城的农民的鞋子一道，蹑手蹑脚地对城市进行探视。

也许正是雨后，城市有了与过去的东西重新混合的可能。

不过，无论多大的一场雨，也会被城市快速地忘掉。也许就在雨后的第二天清晨，阳光就会更加灿烂地莅临，关于大雨中的记忆很快被蒸发；那些碎屑与草根则被细心地扫除，至于泥巴，又要成为灰尘，除了人们内心的颜色，一切皆要恢复到依旧的本来，而未来的日子，在光线的刺激下，沉落之后也要浮躁开来。

# 邮 筒

　　2003年，注定是个多事之秋，年初发端于广东地区的非典疫情，迅即向北蔓延，从开始的遥遥无期，到现在的直面惶恐，似乎只有一纸之隔，这场无形的灾难简直是一张大网，将无数生灵紧裹其中。从四月份开始，我们这所地处中原的高校也紧急动员起来，并因两件突发事件，空气变得更加紧张，校园也施行了封闭式管理。根据教育部的有关指示，学校范围内的集体活动立即停止或者延宕，函授工作首当其冲，原定于利用五一长假授课的计划被迫紧急后延，因我也参与了本院的函授管理，所以也被牵涉其中。接到学校指令的时候已是四月下旬，而函授学员又是散布于郊县，通知起来实在不易，且多数同学未留下电话联系，为了让他们准确地知道这一消息，只好采用书信的方式以解燃眉之急。

　　写信的历史，对于我来说，好像那些生锈的往事一般，被封存的已经太久，何况，还要在一个极短暂的间隙里，完成200封信的誊写与粘贴。

　　院里交给我大量的信封，要求我在一天内完成，拿起笔，那些经过重温的往事便随着笔尖的颤动抖落开来。

　　对邮筒留有鲜活的记忆还是在大学时代，那个时候，每周皆会有一次或几次的写信经历，或者问候家人，或者回复朋友。在寝室里将写好的信件仔细地检查，然后封住封口，揣在兜里，步行到校园内的邮电局门口，朝向那座熟悉的绿色的邮筒，怀着庄重的心情将那些洁白的信笺投入切口。整个过程，仿佛是将自己的一份心束投入一条不明身份的暗流，虽然我也知道，现代的邮政制度会使这些信件准确地抵达，但有关它们的出发和旅行，却永远都是隔岸的风景，这许多的空白也凭空增添了我若许的想象。

除了校园的那座邮筒，我对这个城市邮筒的了解，几乎是一种乌有，虽然在工作之后，因交电话费的缘故，与邮局所打的交道的次数大大增加，但这个时候，我已基本不再写信，关于邮筒的位置，更是模糊不清，我仅仅知道，有邮局的地方应该有邮筒的存在。这几年来，那特有的绿色邮筒身上散发出的一条大河的气息，我也久未闻之，也渐渐习惯了没有信件的生活。就像生活中其他事物的缺席一样，在某种下意识中，也就习之为常了。

幸好这次需要书写的通知学校已经打印完备，我要做的工作只是把地址写在封皮之上，然后再在打印好的通知上加入几句简单的话语。尽管如此，200封信下来，还是让我忙活了一个上午，并且手酸指痛。这一天，我似乎是把这几年来未写的书信全部补齐，粘贴完最后一封，看着桌上已堆积如小山般的信件，终于舒了一口长气。将这些信件装入书包，有一种茫然却突然间在心头升起，此时此刻，我却不知该在哪里投下这些平常的书信，校园里那座熟悉的邮筒早已因拆迁而不知去向，另外的邮筒，我无从想起。

只到后来，我又走了几公里的旅程，去了市邮电总局，才将这些信件最后处理。向邮筒内投信的时候，身边的人们用一种怪怪的眼神盯着我，仿佛是观看魔术表演一般，看着我从包里拿出一沓沓的书信，而且总是掏不完的样子，在那一刻，我的书包成了经典的魔术道具，让我有些哭笑不得。

第二天去上班的途中，令人惊奇的是，不同的大街上，有许多绿色的邮筒在我的视野里像一树槐花般，纷繁开来。八公里的路程，少说也有十几个邮筒的伫立，它们之间的间距保持了均衡的一致，甚至在距离我家仅100米的地方，就有一个邮筒的驻守，至于学校门口那条短短的街道，也有三个邮筒的存在，想起昨天多跑的冤枉路，心里一阵惘然。

　　我很奇怪，自己怎么会对它们视而不见呢，它们就立在街边，伸手可及。

　　这几天，我也一直在回想着有关邮筒的记忆，路过它们身边的时候，也多了几分端详的姿态。城市的邮筒，如今成了古老传说的一部分，它们在风中孤独地伫立，部分绿色的封皮，在风雨的剥蚀下，已经剥落，一些残存的记忆从封口中艰难地探出，无声无息地散开，隐藏在春天的根部，偶尔才会被更古老的时间翻开。

　　这些古老的邮筒其实都是曾经的富有者，它们是众多信件短暂的驿站，收留着各不相同的指印和温柔的叹息，还有已经出发的希冀。一封信的命运，从流动到静止，再到躺在安静的角落里，慢慢地变黄，这个过程，邮筒是必不可少的平台。每一个邮筒里，也都埋藏着许多故事，问候、争吵、热恋、誓言，等等，都曾在这里短暂地停留，然后，从这里出发，抵达等候的对方。即使是最深刻的情感，也可以被小小的邮筒收留，它们沉默的表象下面，往往是春华秋实般的奔腾。

　　电话或者电子邮件，这些现代的媒介，以更加快捷的问候方式取代了古老的书写，取代了笔尖在纸张上温柔的沙沙声。信息的时代，该省略的东西当然会被省略，不该省略的东西也要被省略一些，人们不再有耐心，去领略经过书写的纸质文字上黏附的饱满的心绪，而情感，也是要被快速翻过的，这或许是历史的必然，正是在这个必然面前，于是那些邮筒成了城市落伍的看客。

现在，我坐在电脑桌前，不需任何书写工具，就可以敲打出美丽的汉语文字，对于这些，我已经心安理得。而在这个城市另外的地方，我知道，那些孤独的邮筒，虽然已经憔悴，但仍然守在原地，固守某种等待。

# 夜　市

　　20世纪90年代后大大小小的城市四周，仿佛一夜之间，平地冒出了名目繁多的开发区，社会主义非一夜之间建成，但开发区却可一夜之间落就。这样的世事沧桑发生在城市的周围，至于城市的内部，冒出的则是各式各样的夜市。

　　开发区的风涌，是意识形态先导的结果，不同于夜市的出现，来源于民间话语的登台，若将其提升到社会框架的高处，美其名曰是丰富城市居民夜晚生活，实则有经济现状的难言之隐。夜市一词，虽有"市"之一字，却非市场本意，主要指的是各种地方小吃的集聚。各地的夜市中，虽然也有卖衣服及小商品的内容，但这样的夜市，毕竟处于大众化理解的边缘位置，小吃摊的集中，才是正宗。

　　身处开封，谈起夜市中的小吃，自然值得夸耀一番，不仅夜市的肇始源于宋代的都城汴梁，而且，夜市形成以小吃为主的格局，开封也是但开风气者。起于宋代的夜市，曾是都城汴梁的一大特色，其盛况令而今叹为观止，在这方面，孟元老的《东京梦华录》和周密的《武林旧事》提供了详尽的记载。当时的夜市，集中在州桥附近，俗称州桥夜市，内容决非今天的小吃的汇集，而是民间经济往来的繁华舞台，无所不包，无所不有，无论规模的盛大，还是时间延续之长，皆非后来者所能比拟。

"楚王台榭空山丘"，"潮打空城寂寞回"，这是诗人面对无情的历史时所发的浩叹。总是这样，无论彼时的生活多么地欢快与热闹，在落幕的时候，只有冷静的历史才是最后的收网者。昔时的汴梁，现已埋入今天的开封地下十几米处，勾栏瓦肆也好，夜市也好，皇城中的灯火也好，连同那风流千古的夜色一道，皆沉睡在历史发黄的记忆中。如今的州桥，位于自由路的东头，仅剩其名，乌有其实。

天下小吃，难有王者，皆因各地皆有自己的地方特色，非数目种类就能分其高下。不过若纵论之，还是有几个城市的小吃声名甚誉，诸如北京、天津、西安等，这其中当然也少不了开封。中国一向以"吃文化"著称，开封是一座古城，曾做了七代的王者之都，无论是皇家还是民间，在时间的纵深中，精研小吃的做法，并以此获取独家秘方，在这方面，凡是古老的城市皆有得天独厚之处。

与北京一样，开封也有许多老字号，诸如马豫兴的筒子鸡、沙家酱牛肉、黄家包子、第一楼等，这些家族式的企业，多和小吃有关，一套独特的秘方，可以世代沿用，并在此前基础上，不断创新。它们的招牌，在过去时代的效应，和今天大企业的名牌所起的作用不相上下。

自从开封成为全国旅游城市后，来汴的游客日渐增多。大家来此一地，不仅是为了一睹铁塔龙亭，或者清明上河园、包公祠的风光，品尝开封的地方小吃，也是其中重要的意向。若以优雅取舍，则去第一楼吃包子，若从大众化出发，则去鼓楼吃夜市。其实，鼓楼与第一楼在地缘上是相接的，它们紧邻而居，只是各自承载的内容却有不同。谈到开封的夜市及小吃，皆绕不开鼓楼。鼓楼之名，也是来自历史的因袭相传，更准确的称呼是鼓楼广场，说是广场，实际也就是方圆百米，它位于开封城的中心，旁边就是这座城市繁华的商业区，许多公交路线皆把这里当作重要的一站，所以，即使是白天，也是熙熙攘攘。到了夜晚，则更加热闹，每次坐公交车经过这里，皆会被堵上一阵。往往是夜幕未临之前，那些小吃摊主就开始推着车子，一字排开在相邻的几条街上，只等一声令下，便蜂拥而至广场。他们恪守着严格的管理规定，一边排队，一边相互拉呱儿，形成城市夜晚的一道独特风景。各自来到指令的位置后，纷纷支起车子，摆好条凳，麻利地像一次抢收的过程。不过，忙乱的景象很快就会平定，接着就是锅碗瓢盆的叮当声，以及摊主招呼客人响亮的话语。

鼓楼夜市，可以说是名至实归，它的开放性姿态，多元性内容，远非正规的饭店所能比之，再加上价廉，三元五元就可品尝到有特色的内容，因此对人们的吸引力是很大，即使是酷暑严冬，也是游人如织。如今的夜市，除了本地一向的特色外，也汇聚了各地的名吃，内容繁多，可供人们选择的余地很大，无论来自江南江北，皆可找到所属的心仪。甚至可以说，若来开封一遭，没有去鼓楼夜市一尝，不可谓不是个遗憾。有一些郑州的朋友，乘着夜色，从高速公路上驱车几十公里，来鼓楼吃夜市，然后再返回，可见鼓楼夜市的感召力。

有一次，我的一位外地的朋友于深夜抵达开封，稍事休息后，就提出到鼓楼吃夜市的要求，时届凌晨一点，到达地方后，那里居然还是人声鼎沸，着实让我惊讶一番。我们要了多种小吃，结果有了大量剩余，朋友执意要带回来，放在我这里，朋友走后一个星期，我打开冰箱，还保留着那些小吃的温暖气息。

作为一个入住开封的外来者，来到这个城市已十年有余，不过，说起来去鼓楼夜市的机会实在不多，原因可能在于，自己过多地保留了家乡传统的饮食习惯。对于别人对小吃的钟情，我却并不奇怪，大概在于，我必须承认鼓楼夜市小吃的味道特别与精美。我也曾去过海滨城市，吃过他们夜市中的海味，以及去过其他城市的夜市，品尝他们的地方特色，吃过之后，除了肚子微微泛痛之外，并没有什么特别的感觉，每每这个时候，我就会怀念起鼓楼来，在鼓楼的夜市里，我至少可以吃饱，而在其他地方的夜市里，除了一肚子的啤酒，至于其他东西，动了一次筷子后，就很难有第二次的亲近。

另外有一次，在一个初秋的夜晚，我和新婚的妻子看完电影后，决定去鼓楼吃夜市。当时正下着潇潇的秋雨，天气有些微冷，我们于是决定去喝杏仁茶。这种小吃来源于宋代宫廷，后来散落于民间，经过不同的操作，形成不同的特色，有正宗和边缘之分，不过，我对此缺乏特别的考证。在喝茶的过程中，当时人少，摊主得以有空闲和我神聊开来。他讲到，有次，李岚清副总理来汴视察，就曾专门到他的摊前，喝他制作的杏仁茶，"总共喝了二百多元钱的茶"，他对我说这句话的时候，手臂和眉毛一块飞速地上扬，虽然隔着夜色与秋雨，我还是能触碰到他的自信与骄傲。我不知他所言的是否属实，不过，他的杏仁茶做得确实好喝，这却是个真实的结果。

夜市中的每一个小吃摊，都会有这样或那样的一长串故事，只不过，有些故事已经隐去，有些故事依然流淌。虽然，我看到的是它们简单的现在，但我也知道，大量民间的历史，就在它们后面伫立，将其中的历史随意翻弄，就会有芳香的四溢，不由得让人高耸起敬意。

# 广　　场

　　乡村里面积较大并承担公共文化功能的空地，江南叫稻场或乡场，江北则叫作麦场，城市里相应的场地则名之曰广场。

　　广场的由来，渊源久矣，可以追溯到古希腊罗马时代，作为建筑的一种，见证了各个历史时期的荣衰，从希腊时期的政治热情到罗马帝国时代的霸气雄风，从中世纪的等级森严到近世的高扬理性，再到现代的民主的敞开。如果说建筑是一种实体的历史，那么，广场则是其中最深刻的记录者之一。

　　要论气势恢弘的建筑，广场、教堂等是西方钟情的形式，古典中国则钟情于墙和庭院，其中皇宫是庭院建筑的尖端形态。这是海洋文明与陆地文明差异的一种，一个集权与专制的社会，当然讨厌四面来风的开放性建筑，而倾向于内向和封闭。我不知道古代中国是否有广场的存在，即使有过，估计也是采取了民间性姿态，而我更倾向于猜测它是东渐的结果。我查了查手头上海辞书出版社出版的《辞海》，翻遍地理和艺术卷，竟不见"广场"一词的踪影，为此颇为诧异，也更加验证了自己的猜想。

　　西化，对于近代以来的中国来说，是个不断扩充的过程，更有一种望梅止渴的心理，相比于实用性强的技术与制度，广场当然是后行者。比如开埠较早的上海与香港这两大城市，也没听说有闻名世界的广场天下流传，倒是道闻了外滩和启德花园的大名，可惜都不是广场。

广场虽然是后行者，但毕竟还是来到了。如果没有到过其他的城市，不知其广场其名，至少还有雄伟的天安门广场填补我们认识的空缺，从启蒙开始，它就以鲜艳的图景屹立在课本中，从而也普遍地入驻到人们的心里。我曾有幸去过北京一次，遗憾的是没有去广场一观，但我知道那里有一年一度的鲜花，有一天一次的国旗的升起。

广场虽非原产中土，但这几年还是在大江南北的或大或小的城市里兴盛开来。尤其是最近十年，我们的城市皆变成大大小小的工地，旧式建筑的轰然倒地给予了新式事物悄然登场的机会。与我关系最密切的有两个城市，一是位于家乡的县城，一是我现在生活的这座古城，将最初记忆的枝头拨开的话，是没有广场的概念的。而如今，那个窄小而逼仄的县城里也有了第一座广场；至于我现在生活的城市，早几年也有广场之名，比如鼓楼广场，西司广场之流，其实只是稍大些的空地，每到夜晚皆会被各种小吃摊占据，白天则是公交车暂停集中载客的地方。如果我们像大象那样行走的话，根本就无法在其中落脚，说是广场，徒有其名而。不过现在在我们的西区终于建了一个整齐有序，而且空间广阔的广场，并被命名为金明广场。

"金明"一词的由来，出于汴梁时代的八景之一"金明夜雨"，乃当时皇家的一座豪华的水池，地理位置与现在广场大致重叠。广场未建之前，原是郊区农民的麦地，建起之后，旁边的商店、超市、学校，甚至垃圾桶也都以金明二字命名。广场的中部是一座塑像，名之为"黄河风"，据说是这座城市的精神象征，自从落成后，市里许多小学生皆来此参观，大概是因为他们的老师布置了有关它的作文；沿着这个塑像向四周散开的是四个被道路分割开的空地，里面被种上一些观赏类花草，还有些石凳石桌孤独地伫立，它们是培育爱情种子的产床，见证过无数个夜凉如水的夜晚，以及青年男女们羞涩的手臂；靠南的一个场地中央是刚建成的喷泉，旁边则是十数个热带植物的造型，它们虚假的表情上也被来往的车辆蒙上了灰尘。

我之所以不厌其烦地介绍这座广场，皆是因为它是我们这座城市唯一的一座广场。不过我总觉得它更像是一处敞开的公园。也许是由于位置在城市的最西端，所以平日里的广场，即使阳光鲜美的时节，也是人烟稀落，冷清得像谢幕后的剧场。只有到双休日的时候，广场上的人影才渐渐多了起来，老人、孩子、不变的情侣从城市的四处赶来，早早地占据了其中少有的几条石凳，将暖暖的话语洒向周围的草地。若是在春天，还可以看见大量的风筝在广场上空飞舞，若是在寒冬的节气，则只有明月照积雪的宁静了。

我无法知道在其他的城市里，广场承担了什么样的功能，但我知道，金明广场的功用主要在于休闲与娱乐，这一点，很可能是我们国家各个城市广场的普遍特色。作为移植的产物，广场正和它的原初产生有趣的背离。毫无疑问，在西方，广场所担负的社会文化功能是强大的，且不说其深厚的历史内涵，就是在一个现在时的段落，它也是各种政治演说、群众集会、节日庆典、宗教宣谕等集聚的场合，一个广场之于一个城市，恰是吞吐万象的象征。

有一次，和几个朋友推着自行车到广场闲坐，尚未尽兴就被广场的管理者逮个正着。原来是不准自行车入内，结果每人皆为此交了罚款，管理者还向我们详细介绍了广场上并不允许的各项内容，让我大开眼界，我只知道在广场上不能乱扔瓜皮随地吐痰或者搞反动集会之类，没想到还有这么多的限制。从这件事之后，我再到广场，也就多了几分戒备。

广场的四周，正在如火如荼地增添更加西式的建筑，它们宏伟的外观下，是否有古老悠久的魂魄，我无法得以确证，但我知道，在广场相似的表象后面，却是生动可观的错位，也许这正是我们这个广泛移植时代的共鸣了。

# 巷　　子

　　如幽深的井壁，或长或短的巷子三三两两地零落在城市的身体上，它们是城市古老的血管，四通八达，黏附在光洁的皮肤之下，被人们轻易地翻阅和错过。

　　越是历史古老的都会，这样黯黯的巷子就愈多。北京、西安、南京、开封等，皆是如此。我曾去过北京一次，可惜皇城根附近的胡同无缘得观，当然我也知道，即使有了一观，那些紧闭的历史，也不会向我睁开哪怕是最微小的眼缝。更何况那些幽幽的叹息，即使在你最熟悉的城市里，在你经常走过的凹凸的青砖路上，在夜阑的时刻，你也很难听见它们隐伏已久的声音，它们稳稳地睡去了，无论再大的风，也无法进入它们。

　　假若不是专意去市政部门做调查，有关某个城市巷子的数目将会像谜语一样抖落。每一个城市，皆在坚定不移地执行着它们新的规划，为了实现自己的设想，一方面向郊区扩展，将那些朴素的泥巴掩藏在现代的颜色之下；一方面改造旧的城区，把一些巷子拆掉，将斑驳的历史彻底地清除。如此这般，几乎每隔上一段时间，就会有一个或几个巷子的消失，城市巷子的数目也因此不定。被拆掉的巷子，往往和其所处的地理位置有关，靠近商业区或者其潜在的房地产价值，是目标被锁定的缘由。人人皆说近水楼台先得月，这些近水的巷子不仅没有得月，相反却失掉了古老的身子。它们和现代城市的关系，演绎的是新的招安故事，在这样的故事中，有许多得利者，除了一些层叠的历史。

巷子的分布，也总是不规则的，横七竖八地躺在城市的深处，依着一些老屋，曲曲折折地延伸，这和现代的都市，多少有些误差。虽然个体的形状不是很规则，综观之下却又比较集中，像开封这座历史文化名城，这些古老的街巷就聚集于老城区，城墙之内，以鼓楼广场为中轴，向四周散开。随意从某个主干道转到小马路上，走那么几步，就可碰到它的身影。在开封的老城区，普通居民的住宅形式依然以巷子为住，所以或长或短的巷子，不胜其繁。至于每个巷子存在的历史，则不尽相同，长则二百年，短则近百年，步入其中，或许就有一座古老的门楼倏然乍现，它的枯眉瘦眼，它的安安静静，会让你异常诧异。如果你能够停下脚步，仔细地凝视，透过已显稀疏的木质门缝，也许还可以见到这座城市最古老的青砖，还有那些最古老的草类，它们几代后的子孙正安详地立在瓦缝中间，在四周的枯寂中打着哈欠。天津的作家冯骥才先生曾说过，在北京城的路面上掘起一块地砖，也许就比美国的历史长得多，在开封，找一样与美国历史同龄的事物，同样不是难事。对于城市来说，虽然保留那些实体的物质是困难的，不过，因为有众多巷子的存在，实体的变迁历史，还是清晰可查，从建筑样式到门楼的雕刻画工，从家具构成到日常用品，数落开来，极为丰盈。

走在古老的巷子里，抬首是狭长的天空，两边是高高低低的墙面，你会闻到历史与现实混合的气味，这种气味或许就是从某个窄小的弄堂里挤出来，它们很小心地探出身子，如果你不在意，就会从你的目光里溜走，攀爬到墙上凸出的青苔里面，像白日的蚊子一样悄悄隐遁。

城市里的树木，位于大道旁边的，过于整齐，整齐地让人失去端详的耐心。本来城市里的树木就很少，人为的森林又非常茂盛，于是让人特别想念那些自然的树丛。在那些幽深的巷子里，你的遗憾或许就可填补。巷子也往往是城市树木比较集中的地方，尤其是许多老树，虽然看上去参差不齐，七扭八歪，但呈现的却是自然的线条，尤其是蓬勃的树冠，会向你暗示那些苍老的青春，它们和巷子互相依附，将根扎进巷子的深处，如一对老人般相依为命。

工作以后，我先是住集体宿舍，然后搬到西区，住在高楼的顶部，一直以来，与那些近在咫尺的巷子无缘。我知道自己无法真正地深入它们，它们每个季节的悸动也和我无关，因此，我清楚自己的讲述是多么地生硬，但我还是试着去接近它们。有些时候去单位上班，我会绕过主要的大街，进入这些古老的巷子。它们地处城市的北部，小巷里的行人很少，我可以避掉许多慌乱的目光，直接步入城市的安静，这也是我如此选择的主要理由。每一次走过，我都可以看到那些葱茏的老树，还有几位和树一样老的老人，坐在路边的马扎上，旁边放着随身的拐杖，或几人闲坐，或单身一人，依着墙根，无论再明的光线，也无法将其打动。他们是小巷的亲历者和见证者，或许生和死，皆团聚在这狭小的空间内，巷子收藏着他们太多的故事，他们也收藏着巷子太多的故事。我没有听过老人们的闲谈，我只能猜想，他们偶尔从紧闭的嘴唇中飞出的句子，该会是多么地惊人。"白头宫女在，闲坐说玄宗"，离开了这些传闻，城市的历史，也许就缺乏了必要的水分。

不过，因自己不是特意的寻访者，从这些古老的身子上掠过，我的一切终究要归于匆匆，构成昙花一现的经验，隐藏在怀旧的情绪里，偶尔才会翻卷开来。

这几年回乡村，在路边常可看到一些曲曲折折的荷塘被从远处运来的石头和泥土填充，我知道又一座崭新的房子马上要矗立起来了。而在城市里，在我的身边，旧城改造也正在轰轰烈烈地进行，对于那些或陌生或熟悉的巷子，我更知道，远处的石头和泥沙，正以极大的耐心，等待它们。

# 公 交 车

## 路 线

城市里的道路，也有一些不是专为机动车辆而设的路面，它们通常是专供自行车和人行的小路，纵横交错，分布在城市的小巷和住宅区周围。愈是古老的都市，这样的小路就愈是星罗棋布，它们是城市的阡陌，构成了城市最细小的血管。

供机动车辆行走的道路，通常是城市里的通衢大道。对于公交车庞大的身躯来说，它能够选择的道路又是其中有限的数条，虽然有时随着新建小区的落成，会开辟新的公交路线，但它们所领受的城市的道路，永远都是少数。

公交路线又是固定的，像一个单调的钟摆一样，始终在不变的风景上穿梭，起点就是终点，终点也就是起点，城市里的事物极少像它们那样，在运行的时候，目的总是被虚构。有关它的奔跑，总让我想起在乡间耕作的牛，从田地的这头走到那头，再从那头走到这头，哪一头皆非目的地。

# 车　体

在不同路线上运行的公交车，其车体颜色大致是不相同的，而缘由概在于利于辨别。像我居住的这座城市，大车以蓝、黄、红为主，中巴则以白色为主。同一个站牌，很可能就是不同线路公交车汇聚的地方，等车的时候，只要看见一朵颜色出现在远方，就可知自己的等待马上就会结束。

车体还有破旧之分，而差别最大的则发生在主干道上行驶的车辆和乡村路线上的车辆之间。我经常乘坐的101路、103路，一个是走郊区路线，车身破旧不堪，南唐中主即李煜的父亲，其词中曾有这么一句叫"西风愁起绿波间，不堪看"，而对于101路来说，别管哪个季节，全天候的"不堪看"，城市的一切虽然讲究外观，但101路的车身，白漆已经部分脱落，露出生锈的往事，像是被风吹开的尘封屋子；而103路，虽然路线上部分与101路重叠，但毕竟运行的区域始终在市内，而且所经过的地方皆是市内核心的场所，比如商业区、邮电总局、公园、学校等，再加上它是本市效益最好的公交线路之一，还被共青团中央命名为"青年文明号"，所以，通体逞亮，蓝漆的颜色也总是鲜艳的，包括轮子，也给人干净清爽的感觉，不像101路那样，总是附着一些草末和沙土，单从车体判断，它是城市里公交车群中的贵族。所以，在金明广场这一站牌下等车的乘客，若是103路落在101路的后面，一些人宁愿多等上一会儿，也要选择去坐103，大概在于嫌弃101路的破旧。

最近一段时间以来，广告华丽的身影渐渐爬上了公交车的车体上，占据车体的大部，随着一路的行驶，将一些虚假的幸福和微笑不停地在路边抛撒，使公交车车体也变得明艳开来，"人逢喜事精神爽，物逢广告兴致高"，如此而已。不过，我却发现101路的车体依旧未变，还是那副老牛车的样子，每每这个时候，我就会选择乘坐101路，坐上去，就仿佛置身于一件古老的器皿中，可以闻见失传已久的劳作的气息。

车体的分类和差别，恪守着城市所流行的分层的规矩。和正在发生的分化一样，成为普遍的事实。

## 座　位

公交车上的座位有多有少，即使是同一类型的车辆也是如此，有的是两小排，即一只椅子的线形延伸，有的是一小排加上一大排。它们固定在车厢内，像一个猎者一般，静静地守候往来的兔子，这一点，和教室或者礼堂内的椅子，有诸多的类似。

除了驾驶者和售票员的座位有点特殊化，车厢内的椅子简单至极，两块木板加上几根生铁做成的扶手和椅腿，构成了它们全部的形状。虽然简陋，但它们却是异常地干净，比起候车室或者站牌下的椅子，不可同日而语，或贵族或平民化的衣服，在这些座位面前，皆会成为免费的抹布，如此一来，它们其实是城市里被擦拭得最勤的椅子，而这无关城市的勤快。

座位多被漆成黄色，接近于木料的原色，我不知其他城市是否如此，至少我们这个城市是这样。人多的时候，你是看不见座位的，只有在人少的时候，你才有机会得以端详它们，普通的姿势，普通的内质，却可提供另一种温暖的东西。当然，车上的座位并不总是用来坐的。有一次坐车回来，一路上人都很少，在一个小学校附近，上来了几个叽叽喳喳的小女孩儿，我看见她们一会儿从前面的座位跑到后面的座位，一会儿又从后面的座位跑到前面的座位，脸上始终闪烁着令人动容的生命的本真颜色。过了几站后，有两个女孩儿干脆利用座位玩起了弹玻璃球的游戏。孩子永远是伟大的发明家，在她们的手中，公交车上的座位也得以脱离一下本色，成为更精美的道具。

"千金之子，坐不垂堂"，"无座不成席"，说的皆是座位被文化强行规定的事实，不过，公交车上的座位却从来就是座位，不分男女老幼、性别等级。


## 人　员

　　公交车的人员可分为两类，一是司乘人员，一是乘客。如今的公交车几乎皆改成了投币形式，这样就剔除掉了售票员这一类型。

　　世间万物，人是最难说的，公交车上的人员也不例外。先说司机，一路下来，也许就只有他/她是始终如一的了。在我的经验中，司机属于最不容易左顾右盼的一类人，只有在你投币的时候，才会扭过头来，盯着你的手掌，也许是路上的风景已重复多遍，不须斜视，就可将它们珍藏。另有一点，我很奇怪，我们这里的公交车司机多是女性，而且年龄集中在20—40之间，很多路线上的公交车皆是如此，可能是青年男性嫌弃这份职业的嘈杂以及低收入的缘故，就像他们不喜欢做老师这份职业一般。虽然是女性，但这些司机却很猛，我找不出一个更适合的形容词，只好用"猛"这个字将就。她们的猛表现在许多方面，在开车速度上，逢见路上人少的时候，简直是风驰电掣，有一次，差点把我颠出车窗外；还有就是她们的凶悍，我经常乘坐的110路，终点站/起点站在我们大学的门口，乘坐人员相应地多，是我们学校的年少单纯的学生，但在运行期间，只要碰见一些小插曲，比如某个老人上车速度慢，比如前面的车辆堵住去路之类，她们就开始破口了，从猩红的口中吐出的字眼比买肉的蒋门神之流的汉子差不了多少，每每这个时候，车厢内便满布被她们污染过的空气，为此，我曾经胸口堵闷多次，但也只能忍了，把她们污秽的词语吞下去了，又把恶气吞下去，是可忍，孰不可忍！

而乘客则是川流不息的，公交车是一个城市流动的形象性舞台，在此可见一斑。各种身份，各种年龄，各种层次，各种性别的人们从城市的四面八方，来到小小的公交车上，你对城市的陌生感其实很多就是从这里搭建起来的。乘客中除了烂漫的小学生之外，基本上保持了沉默的姿势，这也是我们面对陌生的惯常姿势，坐在车上，除了极个别的情况，我们也很少仔细地观察周围的人群，而是把目光投向远远的街市，即使那里什么也没有，往往这个时候，我们的目光是投向内心的。

　　公交车上的人员，除了乘客和司机之外，在特殊情况下，还有另一种人员的加入，他们就是拖儿，在这个问题上，小偷是要除外的，小偷在某种意义上也是乘客。我的一位朋友曾向我讲述了其亲身经历的小故事，某次，他从外地坐火车回来，经过郑州时天色向晚，因急于赶到汽车站，就坐上了一辆中巴，售票员对他说正是要往汽车站开的，开始的时候他也有些疑心，但看到车上已经坐了八九个人后，他才迈了上去。后来，中巴车拉着他转啊转，一直转到天黑，在一个小巷里，那八九个"乘客"一齐拥上来，把他的钱物悉数掠走，这时，他方知自己竟是这辆车上唯一的乘客。这样的故事幸好不多，这样的托儿幸好很少，要不然，满大街的都成地狱了。

　　城市的公交车上，不息地在发生着这样或那样新鲜的故事，或动人，或伤情，或愤怒，或欣然，也许，缘由就在于它本身正是城市被缩小的道具。所以，你要了解一座城市，就无法和公交车擦肩而过。

# 影　剧　院

只到现在为止，我对这座城市里影剧院的了解也仅限于四座。不过，我看电影最多的地方，却非这四座的其中一座，而是在我们大学的礼堂里。若说起这座古色古香的建筑，那可是校园里最令人自豪的建筑形式，当然不在于其高耸或新颖，恰恰相反，在于其所承载的历史的厚重。作为国家一级文物保护单位，也是全国高校中仅存的几座民国时期礼堂建筑的典范作品之一，不仅看上去气势恢弘，而且内部的容积也足够大，有两千多个座位，我们新生入学后的第一次大会就是在这里举行，不过后来的多次光顾，则多因电影而成行。读书和看电影，是那时的我最主要的两个娱乐形式，每到周末，除了看电影，似乎别无出路。

我是在20世纪90年代初期进入大学校园，也正是城市的影剧院门庭冷落之际，城市里的各个角落里云蒸霞蔚般兴起的是大大小小的录像厅。它们紧跟电视之后，又将影院手中的残羹搜刮一番，就在我们校园周围，随着自己从低年级向高年级的逐级跳跃，便眼见录像厅的日渐增多，它们散布在小巷深处，将招牌打在小街的街口处。也是从那个时期始，好莱坞大片的概念开始入驻我们的生活，可惜礼堂里并不播放这些最新的影片，我们就只好到那些录像厅里满足猎奇的心理，但比较礼堂而言，还是去得很少，主要原因可能是里面的空气实在污浊，让人憋气。

礼堂作为临时的影院，对于我来说，持续了四年之久，它现在依然在继续，但在我的回忆中，又渐渐转回到礼堂的模样上。现在想来，大学里看电影的经历，一部分是兴趣，一部分是不得已的结果。工作之后，看电影的心思也就渐渐地淡了，与影院的相会，由以前的固定约会改成了不定期的见面。也是在这个时候开始，才真正地和身边的这四座影院有了接触。熟悉之后才发现它们之间的间距实际上并不是多么遥远，各自的名字上也残留着过去时代的痕迹，比如"解放影剧院、人民影剧院、工人电影院"之类，只有第四座"大众影视城"的名字身上，存有现实生活的影响。

我去得最多的是工人电影院，因为其距离我们单位最近。这个时候，单位集体组织去看电影的机会少到乌有，因此，看电影的行动基本上是个体行为了。从深秋到初春的一长段时间，太多的地方被寒冷封锁，与女孩子约会的空间被大大地削减，影剧院倒是个温暖的地方，于是常常去光顾，目的亦非欣赏影片，而是故意拉长一段假设的时间。女孩子总是很多，与不同的女孩子约会，重复的事情只有我和影院。

位于鼓楼街附近的人民影院也去过几次，具体和哪位女孩子去的，记忆早已被一场大雾收拢，我只知道最近的一次是和妻子一道去的，观看的影片是张艺谋的《英雄》。这一次，时间没有被我轻弹，而是成为真实的世俗的时间。

人民影院和工人影院在外表上虽无法同一，但在内容上却有诸多相似之处，椅子皆是软座，被损坏的极少，这一点，颇让我奇怪；它们的聚光效果一样的好，还有就是它们的温暖程度，但今天，这个因素对我来说，已经不太重要了。

大众影视城如今虽未坍塌，但早在几年前就已改行。我从未有过进去一观的经历，只是听说过它欲走高雅路线的初衷。在世间，曾有多少个脆弱的初衷面临飘落，大众影视城也只是其中的一个。去单位的时候，倒是经常从其门前经过，酽酽的歌声早已飘远，一把生锈的铁锁欲说还休。

　　解放电影院与汴京饭店正好对门，门前的西大街在前几年改造的时候，它也是少有的幸存者之一。不过它虽躲过了旧房的改造，却最终没有逃脱商业的入侵。先是后面的房子改成了舞厅，然后是前面的门房成了婚纱摄影的落脚之地，原先宽大的门口也越来越小，直至变成一狭小的过道，再后来，"解放电影院"的牌子也被摘除。现在它到底改成了什么，神秘地让人无法探其究竟。

　　在这场庞大的运动中，工人影院和人民影院也未能幸免。人民影院的一部分成了录像厅，还有一部分门房成了卖衣服的专卖店，它们像是一件红裙上的鲜艳补丁，黏附在影院宽大的身躯之上，看上去让人不免发毛。工人电影院的门房也是如此，不过，它改变模样的独到之处并非在此，而是它的内部，前些年就成了股票交易的大厅，两边的墙壁上装上了两个投影，一个显示深市指数，另一个则显示沪市指数。所以在平日，它也是敞开的，可以自由地进入。有一个夏天，在学校上函授课，中午想找一个休息的地方，听说那里很凉快，所以与另一朋友直趋而进，选一处无人的地方斜躺，就开始了一段舒服的午睡，尽管身边有各种讨论股票的声音，但我们睡得依然安稳。这是我在电影院的另外经历，就像是通过某种嫁接技术，可以完成结出另外果实的可能。

　　影院曾是计划体制时代营造出的经典图景之一，城市的影院在那个时代里，也成为满足大众文化需求的重要平台，这样的平台曾经构成了一个城市的文化参数。如今，在落潮之后它依然伫立在城市里，守着落寞的故事，旁听辉煌的岁月。

# 红　灯

　　城市的道路交叉纵横，像一张网格沟通着来自四面八方的生活，规模愈大的城市，这样的网格就会越细密。任何一个城市里，我们个人的生活皆会排列在某个局部的网格里，拥有的距离不会超过一条鱼儿一生的长度。穿透它，只是个妄想，越过网线，到达另一个局部，则成为必然的可能。

　　网线相接的地方，形成大小不等的十字路口，日常生活中，我们需要穿过它们，从一个井里跳到另一个井里。而在同一时间里想跳的人实在太多，按照经济学的简单原理，所有的人同时跳过去，是不可能的，只可能是一部分人暂时牺牲，才能换来更多人的自由行走。于是，在城市道路经济学的逻辑推动下，红灯应运而生。

　　红绿灯，交通岗，同时也是某种游戏规则的体现者，但各自又担当着不同的功能。交通岗位上的警察举行的是现场审判，而红绿灯，尤其是红灯所进行的却是缺席审判。红灯的左右一般皆配备有被我们的面的师傅称之为"电子眼"的设备，一旦被捕捉到，虽然是过期的审判，但比起现场的审判结果将更加无情。因此，在大多数情况下，如果将在道路上行走的车辆和行人作个对比，那么，车辆的表现显然温顺很多，当然，那些酒后驾车或者故意耀武扬威者必须除外。个中原因，盖在于若违反规则，对他们的审判将以经济利益的丧失为基础，这一点，与对行人的审判内容决然不同，对行人的审判只是道德审判。

很显然，各种车辆构成了城市道路的主体，证明这一点，需要从这样的事实中找出蛛丝马迹，即：拥有一条步行街将会成为某个城市的体面和光荣。基于如此事实，那么红灯停，绿灯行的经验，也是率先由它们的推动才根植于城市人的生活常识之中，因为任何一个人，即使不是有车族的一员，也将有可能成为其中潜在的一员，再不济也是个乘车者。

既然有这样或那样的游戏规则，就会存在着这样或那样的游戏规则破坏者，规则对于那些清守者是圣令，但对那些天性反叛的一群来说，简直如处油煎。挑战、破坏或者质疑某种既成的规则，这样的行为是快意的，这正是二十世纪对人性的伟大发现之一。尼采在20世纪末就曾说过："反对、回避、恰当的怀疑、愉快的嘲弄，这些是健康的标志，一切无条件的事情都属于变态。"他还说过："人之所以可爱，是因为他既是一种穿越，也是一种堕落。"而另一位现代主义的大师陀斯妥耶夫斯基，也通过他的作品向我们展示以下的发现：人有些时候会出奇地热爱痛苦和破坏。正是基于这一点，可以说城市的红灯是有效的，但绝非可爱。

在城市里，我们可以看到，对红灯规则的破坏，很少出自天性的冲动，而是小智慧的运用，采用的形式是世俗的。拿行驶的车辆来说，如果缺乏了经济利益的直截威逼，那么，闯红灯就要比等红灯的使用率频繁许多。比如我们这座城市位于郊区的十字路口，晚七点和早七点之前，因为没有警察的上岗，更没有所谓电子眼的出场，坐出租车归来之际，面的师傅每遇到红灯时，便会直截了当地开了过去。有几次，我问他们为何不去等待，其中某位如此说道：您不想早点回家啊？顿时让我哑口。这样的时候，红灯对于他们来说，就失去了平日威风的靠山，而成为可怜的摆设，幸亏高耸在高处，要不然，不被他们视为过街老鼠而一拥而上狠狠踩扁才怪呢。

至于那些行人，尤其是骑自行车者，破坏红灯规则的动机则不尽相同，有些完全是下意识的结果，缺了警察的威慑的时候自不待言，这个时候，人们就会疯了般骑过去，好像是为了向红灯示威，就是在黄灯明的时候，我每每就会见到那么几个人猫着腰赶过去。这其中还有很复杂的情况，比如说某人在红灯禁区前为了显示自己的勇敢等，多是出自虚荣心作怪；更多的行人，则表现出对红灯规则小幅程度的对抗上，他们遇到红灯自然也会停下来，但总是要尽力往前涌，纷纷越过斑马线，在最靠近另一边路面的地方上停留，然后在红灯即将暗下去，就差那么几秒的时间，箭一般骑过十字路口，不过，这样的人氏，我敢肯定，在为公的事情上，也是箭一般地缩头，决不会第一个冲上去。这样的情况我遇见得最多，而且我也知道，当我在等待的时候，我估计他们连考虑我是否傻帽的时间都没有罢。并且，这样的事实普遍地让我吃惊，随便一个红灯路口，你在某一天哪怕是做个粗略的统计，数字恐怕也会过千，看来，群众的智慧真是多得让人可怕，但用在这里，多少有点浪费。只此一点，也就能够说明，红灯的道德审判功能基本是缺席的，人们这样的小打小闹，归根结底还是对权威的大屈服和小对立，按照鲁迅的总结就是：卑怯。

红灯只是个静物，一个高高在上的静物，但因为有话语霸权作为靠山，所以真真假假也算作了一次老虎。但是这种权威一旦丧失，就成了散了架的摆设，成为人见人怜的玩意。这个时候的红灯，经过众人的算计，往往会成为有趣的牺牲。因此，在城市里我们可以看到，红灯不仅是某种现代规则的果子，而且还是一面有力的镜子，可以照出众人的面目和原形。

# 超　市

　　超市的登陆在中国是个晚近的事情，虽然无法考证其具体的时间，但从一己的生活经验出发，在我生活这座城市里，大概是在20世纪90年代后期才开始出现。来的虽晚，却秋风扫落叶，又有哪种事物的登陆像它这般迅急呢！还有随之进行的普遍生根更是惊人，让你我措手不及。有一句老话叫"百步之内，必有芳草"，如今在城市生活，无论真假芳草，皆不易遇见，倒是各种乱七八糟的超市频频照面。

　　超市是超级市场的缩写，很显然，是一个西化的产物。它的出现，是美国的零售业在营销策略上又一大创举，与全球连锁店的开设效应并驾齐驱。通过推广和宣传，地不分南北，人不分大小，凡是有市场的地方，甚至可以说，凡是有人的地方，在十几年间，都被极轻易地覆盖了。想当年，"美帝"用最先进的飞机和导弹都没有敲开的地方，今天对于超市或者其他而言，那功夫，简直到了唾手可得的地步。

　　今年六月一日，小布什在西点军校毕业典礼上发表讲话，集中而系统地阐述了被外界称为布什原则的三大要素，这三大要素要而言之，就是美国要当世界的头，这世界只能有大美国小美国的区分，绝不允许有不一样美国的出现。口气听上去大得吓人，不过他的口吻在我们的经验中并不显得新鲜，想想我们那个始皇帝开始气吞宇内的时候，比他要炫得太多。当然，他们两个乃一丘之貉，只是因时势不同，古今差异，手段却有高下之分。要想成就霸业，当然需要杀人，但我们的始皇帝似乎弱智了许多，他为了一统江湖，除了杀人之外还是杀人，手中的玩意从来不变，死扛到底。这方面，小布什比起他来，不知"英明"多少，为了完成霸业，他也要杀人，但在杀人之外，还有另外的玩意，比如说在精神上，他手中把持着大把大把的民主和自由，在物质上，则有市场经济门下的超市、连锁店、跨国公司等，手法灵活多变。始皇帝一味地硬干，结果连自己子孙的性命都被别人结果了，至于小布什，现在正是雄姿英发中，后果只能且待下回分解。

本来想写身边的超市，现在却是大大地跑题，真是惭愧。不过，连超市这样的小物件都要和世界大局牵涉到一起，这世界真是抬头不见低头见了，实在是小到用心险恶的地步。

从实际的意义上讲，超市确实是够大的，无论是空间还是其所有的种类，非在此之前的商场和百货大楼可比，当然这只是一般意义上，在中国的一些超大型城市里，有些商场是例外。而在像我们这些中小城市，20世纪八九十年代一度红红火火的商场或者百货大楼，要么销声匿迹，要么形容猥琐地躲在小角落里，看上去总是花落旁家的样子，而大一些的超市则是云蒸霞蔚。

有许多证据表明，现在不是中国居民购买力大大增强的时期，但不知为何，城市里的新超市还是一个挨着一个地开门了，生意看上去还都不错。前些天坐公交车回来，在16路车路线的旁边，正碰见上海华联的超市分店刚刚开业，透明的橱窗、琳琅的货物、豪华的门厅，和其他大型超市一样，以极具诱惑力的姿势立在那里。

超市的便利人所共知，货物的齐全更是让人叹为观止，一些从不相识的商品，我就是从超市里得以相识的。其实，我自己也是它的常客之一，记得毕业的时候，正是初步拥有购买力的时期，那时这座城市还没有超市之说，要买什么东西，学校旁边的小卖部是我常光顾的地方，后来有了这一新鲜事，也就开始易辙了。如今，要是集中买上些东西，就会去市里最大一家超市。如果不缺什么东西，我从来不会去那里妄想一番，我知道就在我们的身边，购物的欲望自打被勾起之后，有些人会形成癖好，他们正是被超市这一新的技术形式培养出来的异化分子，和那些电脑狂们没什么两样。这是超市结出来的另外的花朵，妩媚而妖气十足。

把超市与世界大局联系在一起，对于众顾客来说，当然是胡扯，人们图的是物质上的便利和满足，哪管什么世界大局这劳什子的事情。

在超市里，在众物前，我经常感到，物是多么庞大，而自己不断地被缩小，原来我很多东西都不认识，原来我许多东西都没尝试过，真是愧对城市的虚荣。

而在我所在的居民楼的不远处，大概也就是不到百米的地方，前些日子还是个小卖部的地方，几天不见，近日却换了一番门庭，改成了某某超市的字样。房子还是那么一间，老板还是那位矮矮胖胖的娘子，从门口顺便往里溜了一眼，卖的东西还是那么几样，但名目却怎么就这么快地偷换了呢！

# 大　街

　　在城市里，大街往往笔直而宽阔，不像小巷子那般曲折游走。它们或东西走向，或南北纵横，将庞大的城市身躯分割成无数个格子。一个人所能熟悉的也就是三两个格子而已，至于远处的格子，则如另外的城市一样陌生。其实大街小巷并非城市天然的分割线，将无数偶然的身影定格，能够左右大街划分的力量才是主因，即分割人们的是社会体系的分工，无论城市雏形时行业人员的自发聚集，或者成熟期来自权力的明确划分，人只能作为体系的一分子寄居在城市里。所以说，这些大街不仅供人们的行走、车辆的驶过，更重要的是，在隐性权力的制导下，完成资源的连结。

　　我们在格子里蜷伏，与不同的街道唇齿相依。说起来，尽管这世界的大街有无数条，能叫出名号却只有有限的几条，而且往往局限在你所在之地。哪怕是位职业旅行者，他到过很多地方，可以说出一座座城市独有的风味小吃、历史遗存、特色建筑，然而，关于那些曾经经过的大街，却很难加以准确指认。如果没有足够的地理知识以及相关城市历史文化的储备，人们对于另外城市的那些诸多街道，在识别上几乎是"相期邈云汉"之事。当然，这世界上有名的大街还是有很多的，它们分别成为所在城市的标志品牌，如香榭丽舍之于巴黎，百老汇、华尔街之于纽约，皇后大道之于香港，唐宁街之于伦敦，南京路之于上海，阿尔巴特大街之于莫斯科，银座大街之于东京，等等，它们为世人所熟悉的原因，不独富丽堂皇使然，其实还有着政治、历史、文化沿革的因素。除此之外，在后殖民主义时期，这些大街因为处于权力的中心，在各种资讯中反复出现，过高的频率造成一种压迫，因而填进了许多人的脑海。与之相反，那些处于权力边缘的城市，以及它们的大街，无论情况怎样，也很难进入人们的视线，比如南部非洲的许多国家，别说他们国家最著名的大街，就是某个国家的首都之名，恐怕很多人都叫不上来。而在所居住的城市里，我们之所以叫不出各个大街的名字，除了知名度的因素外，另外的因由在于，这些大街太过普通了，而且又待在远处，这就好像你决不会主动去认识另外一个小区的人们。一座城市，人们最熟悉的往往是建筑物、单位所在地、商业区、小区名称，对于大街，我们常常将其走过，但就是不可能亲近它。

而每一条大街都是有名号的，这名号既有当下城市的赋与，又有历史渊源的沿革。起名属于文化的范畴，按照马克思的描述，也是一种意识形态，其时代性色彩分外鲜明，就看什么样的话语占据主导权了。一般来说，新中国成立后三十年间，各个城市大街名号的政治性色彩相当浓郁，如同那个时期人的起名。20世纪90年代后，随着经济话语权的树立，出于城市旅游业考虑及扩大城市知名度的目的，一些高度政治化的名号纷纷被抛弃。拿开封这座古都来说，西区的解放路被废除，代之以金明大道的名号，而金明二字对应的是宋代都城汴梁十景之一的"金明夜雨"，向西拓展的一条崭新大道被命名为大梁路，与战国时期魏都大梁相呼应，如此等等。在今天的城市，除了中山路、人民路等有数的几条道路名号不会短期内改动外，大多数道路的名号，随时都有删改的可能。大街，只是城市躯体的一部分，它们，必须随城市而游动。

没有一条大街能够永恒存在，哪怕是最著名的也不能例外。文明史上，有太多的城市成为废墟，"咸阳古道音尘绝"，夏商周秦，帝都业已堙没，何谈大街的遗留。一座城市，在时间的展开过程中，有着自己独特的曲线，从历史的经验来看，城市所能画出的曲线很难超出千年。从这个意义上说，所有的大街注定是要老去的。

在诗人的笔下，现代的城市，就是一个蹲伏在大地上的怪兽，它们布满血丝的眼睛紧盯着周围，一旦有了机会，就会露出尖利的牙齿展开撕咬，野心愈大，其膨胀的程度相应愈高。如果这个比喻成立的话，那么，城市是怪兽，那些新设的大街就是其锋利的爪子了。在不断吞并的过程中，一些大街亢奋地行进，将新的势力范围包围分割，然后格子化，然后落下来，楔入大地痛苦的表情之中。另外那些等待孵化的大街则伺机后行，沿着同样的轨迹，走向更远处的土地。

回到我们经常走过的大街，它们构成人们手边的事物。在功能上，这样的大街几乎没有什么差别，就像我在另一篇文章中提到的那样：所有的大街都是同一条大街。它们与其说是供人们行走的，毋宁说是供交通工具奔跑的。一座城市，步行街除外，几乎所有的大街，人行道的宽度皆远远少于主干道的宽度，而且，即使是在人行道上，所看到的是那些骑着自行车、电动车以及电动三轮的人们，至于真正的步行者，则行走在人行道旁的边台之上。并不是人们的脚步拒绝大街，而是奔走在大街上的交通工具逼走了各式各样的鞋子。如此这般，大街的存在，其实构成了人与城市间的一个隐喻，可以在一座城市里生活，却很难被一座城市接纳。

大街，作为城市的动脉，其热闹是可想而知的。忙碌的汽车尾气，喇叭的鸣叫，碰撞或摔倒，以及雨后翻滚的泥水，这是大街基本的速率。无论多么长的大街，都不可能将人们的情感留住，只会将他们多余的冲动卸下。这样的冲动是人间的故事，却很容易在大街上发生，这些故事是大街的生花之笔，会使一向沉闷的大街顿时活跃开来。河南电视台八套有一个节目叫"DV观察"，其中有部分章节与大街有关，准确地讲，是近距离拍出的街景故事，现场感、不同的主角、人性冲突以及最后的命运转折，是其最基本的要素。这类直接来自生活的戏剧颇令人称快，常常会让我想起巴尔扎克说过的一句话：获得全世界闻名的不朽的秘密就在于真实。

卡夫卡曾经做过这样的判断：真正的道路上一根绳索，与其说是供人行走的，不如说是用来绊人的。有些时候，我觉得城市的大街也是如此，使人们能够便利地与城市的他处联系，又狠狠地将人们与别处隔开。

# 澡　　堂

　　所有的澡堂皆具备洗澡的功能，但在某些澡堂里，洗澡却并非位居首位。在北方的城市，从秋冬一直延续到初春时节，大多是澡堂生意的旺季。天寒地冻不一定是勤洗澡的理由，按照我这个来自江淮地区的人氏的经验，夏秋炎热之际才真正是"时时勤拂拭，莫使染尘埃"的洗澡佳期。澡堂生意的兴旺，当然是因为其他，抱团搓麻或者玩牌或者异性服务才是正宗的根由。有数次，饭毕同一位热爱麻将游戏的朋友去了几家这般的澡堂，进浴部洗澡的时候才有了也许碰巧的发现，即偌大的洗澡的地方几乎空无一人。两三个搓背的人躺在外间的床上间或吐出话语的泡沫，慵懒而安详，如冬季土墙根处的日光。冒着热气的清水从大理石铺就的台子上漫下，滴落的声音恰恰切切，它们的私语愈发激起某种空荡感。只有我们几个进去的时候，室内的空气才开始快活起来。一些洗面盆上的水龙头没有拧紧，残存的水流低缓流下，而旁边的垃圾篓里，横七竖八地躺着一些一次性牙刷或者刮胡刀，湿淋淋的样子甚是夸张。我知道，这是那些在此过夜的人们所遗留的物什，来这里的人氏，你别指望他们能够节约资源，相反，他们来此的目的就是为了倾泻身体内的资源。澡堂，在某种意义上就是一种泻药，这不是我的独特发现，仅仅只是一个判断。

从通道里经过的时候，数个房间里传出的麻将声声，正处于鼎沸的姿态，至于姑娘们的娇喘，是不会轻易让你听到的，她们往往躲在澡堂的暗格处，这里毕竟不是大车店，一个喷嚏就能惊醒数个梦中人。

而我在秋冬之际常去的澡堂，仅仅就是提供洗澡的地方。这样的澡堂很少位于繁华的大道旁或酒店附近，它们低矮而寒伧，既没有金字招牌也没有霓虹闪闪，甚至在名字上也有着根本的区别，它们不叫什么洗浴中心，而直接冠以某某浴池的名号；比如我常去的三个地方，分别叫山泉浴池、云龙浴池、豪门浴池，前面两个字都比较玄乎，后面浴池两字才是本真。

在开封这座城市，浴池如那些小卖部一样，紧贴在各个社区的屁股之上，随背街小巷而深入，它们不分春夏秋冬，人头总是那么攒动。在这里，什么与民同乐、百姓之家之类的东西，皆是空洞的概念，遇见同楼的邻居可能性很高倒是真的，更大的可能则是碰见周围的陌生人，上至古稀老人，下至周岁孩子，只要是相同性别，你可以在同一时间会见完毕。

十几年的城市生活经验，使我有了说不上独到的发现，即在城市里，认识世相有两个很好的舞台，一是公交车；一是大众浴池。

开封虽算不上大，我却在此辗转了几个地方，所经历的澡堂的地点也因此而轮转，不过，再多的浴池皆可浓缩为一个，如同一日就是一年的比喻。大众浴池的共性实在太多，诸如在性质上它们都是底层百姓聚集的场所；在内部装饰上也大同小异，掀开棉布门帘进去，首先入目的就是一长排紧挨的床铺，靠墙根的地方是一排小柜子，里间就是洗澡的地方了；而人员构成也大体相似，外间有一到两个售票员，他们往往是老板的直系亲属，而里间则有几个勤杂工和几个搓背工人；至于其他，还可列出很多，但还是省略为好。因为浴池的特色不在这里，而在于其是一个有故事的地方。

是的，那些人间故事才是澡堂的真正主角，它们或已隐匿于消逝的时间碎片中，或者如春天的大树般，所有的细节正在枝杈上奔跑与延伸。而我所要讲述的就是那些带有影像性质的故事。

前些天背部发痒，去距家最近的云龙浴池洗澡，进门后一切程序如旧，如同我之前常常见到的那样，三两个人端坐在老虎机前与人生运气展开殊死博弈；一些老人出浴后或平躺或斜倚在枕头上养神，他们的目光既平和又呆滞，松弛的皮肤上刻满了岁月的刀痕；另有一群中年男子分成几个摊位，或玩着纸牌，或就着塑料袋子装的熟食喝酒神聊。在这样依然寒冷的初春时节，他们来到一个有暖气的地方，寻求一些简单的庇护或依赖，而像我这样来这里单纯为了洗澡的人，只是一个过客。从里面洗完澡出来，抱着换洗衣服往里走的时候，我才有了新的发现，一大群玩纸牌的中年男子中间，一个五岁左右的女孩儿正依偎在一位男子跟前，偶尔，会用小眼睛朝周围的床铺逡巡。我颇有些惊讶，虽然类似的事情我碰见过一次，即在去年，在喷头下淋浴的时候，见到一位男子带着他的儿子及女儿就在不远处的喷头下洗浴，小姑娘坐在自家带来的大澡盆里与哥哥戏耍。不过，那个女孩儿看上去非常小，在两岁左右，尚属于基本不会保存记忆的阶段，当时虽有些不解，但想一想也就释然了。而今天所见，至少是个上幼儿园大班的小朋友，早进入自动记忆的阶段。

我背过身子换好了衣服，稍微集中些时间端详着这对父女。父亲看上去精神颇集中，甩牌的姿势既富于劲道又具备弧线感，而女儿还是紧紧地靠着父亲，一只小手拽住上衣不愿松开。一位父亲，为什么会带着女儿来到男澡堂里，让其直击或粗壮或衰败的男性肉体？并且愿意让其忍受烟雾弥漫封闭窄小的环境？这个简单的影像如一根银针，直刺我的灵魂，使我出了澡堂大门后久久不能释怀，哪怕是到了今天，那些细节依然坚硬如石，循环往复。

回答上述问题也许非常简单，一位好玩不顾家的父亲，长此以往地迷恋于泡澡玩牌朋友聚会，除了吃饭睡觉才会简单回访自己的家，这必然激起了家里老婆的极度反感，为此少不了争吵怄气，在多种招数失灵的情况下，女人才使出绝招，让女儿紧贴住爸爸，像拴住一只猴子般，使用了一根不一样的绳子。然而这位可怜的女人还是人算不如天算，没想到父亲一脚就把基本的伦理准线踹开了，成就了一具"自由之身"，哪管他洪水滔天的作相，奈之若何！当然，这只是出于我的一番推算，我并没有十足的把握，但除此之外，你还能找到另外的答案么？

而真正的原因远远不止于这些生活逻辑上的诸多环节，它一定隐藏在树根处，构成最后的源头，躺在源头的应该只有一个事实，即这位父亲一定是位被生活彻底打败的人。其实，类似之人甚多，就在这小小的澡堂里也会丛生。那些在玩老虎机的人氏，他们正在被小便宜打败；喝酒的则是被酒精打败的人；而玩着纸牌小赌之人，是被日子打败；至于平和端详的老人，则是被时间所打败。如果你有机会与一座城市的根部呼吸与共，还会看到更多被生活打败的人们，他们之间的区别，仅仅是程度的不同。这让我想起来塞尚的名言：生活真令人可畏！

十几年前，当我第一次系统接触美国作家海明威的作品时，其书中主人公的人生宣言：你可以消灭我，但就是打不败我！这句话如黑云压城，当下就把青春年少的我给镇住了，心潮亦澎湃如覆云。许多年过去了，当我在北方的中国慢慢扎根，当我的思绪渐渐散开于城市的底部，当我遭遇众多的被打败的思想或身体之后，也就只能发出稼轩式的"天凉好个秋！"的喟叹了。

海德格尔说无家可归正成为世界的命运，在我看来，被打败或许也是。

# 护　城　河

　　冷兵器时代，边地之城池依靠隘口、河流、山谷等天险作为防御屏障，而位于平原之都城，无险可据，只能依靠深挖沟、高筑墙的方式实现防御的目的。诸多护城河皆由深挖沟而来，与城墙、箭楼、垛口一道，构成立体防御的体系。"城门失火，殃及池鱼"这个成语中的"池"指的即是一座城池的护城河。从战略的意义上可以说，护城河虽然在城池的外部，但依然是城市格局的一部分，战时作为工事，而承平之际，根据推测，应该是城市民众泛舟、踏青、赏柳之地。如果是在更显要的都城，护城河又与开掘的漕运相联结，成为都城物质走廊的一部分。今天开封城的东部依然保留一个叫漕门的地名，恰恰是当时护城河与人工运河的交汇之地，而向外延伸的"隋堤烟柳"则是历史上东京汴梁十景之一，与许多上口的宋词有着撇不清的关系。

　　过渡到热兵器时代后，战争的攻防已发生本质性变化，护城河，这个冷兵器时代的重要符号逐渐落寞以至于普遍荒废。20世纪50年代初，新中国建国伊始，有一次大规模的拆除旧城墙的运动，作为连体存在的护城河莫能幸免，纷纷被填平、夯实。以至于在今天，护城河已成为稀罕之物，少许城市或许保留着地名，而大多连地名也铲除干净。如今尚保留着古城墙的城市本身就极少，西安、南京、开封等城市是其中的幸运者，我没有去过西安、南京这两座城市，不知道在其古城墙下面是否还有护城河的存在，不过根据电视画面的巡视，好像是没有。而开封是我所熟悉的地方，可以说一说其留存下来的特殊符号。

在开封，完整的护城河也已经成为烟云，而城墙在20世纪90年代曾得到很好的修葺，围成一圈，将老城怀抱其中。南面城墙紧靠着滨河路，紧挨着滨河路的是一条叫作运粮河的沟渠，据说人们在修葺之际曾淘出诸多生锈兵器和人的骨殖，因开封城摞城的特点，所以这条运粮河应该是叠压在古老的护城河之上。今天，这条河流已失却了护城河的名号，在功能上，也只是当作排洪或者疏导生活污水的沟渠。而城墙的西面，横七竖八地躺着一些街道、小区、商店等，已无河流的踪影。再向西一点，确实有一条叫黄汴河的河沟，但它是后来水利建设的产物，与护城河不太沾边。城墙的北面，紧靠墙根的地方密布着大大小小的槐树，近几年这个地方被开发成森林公园，土壤呈细粉状，估计是缺水缘故，如果非要找到一条河与之相关联，那只有到距城墙十公里之外了，那条河很大，叫黄河。

只有在城墙的东面，紧靠墙根的地方，尚存在着一条贯穿始终的小河，往南与运粮河汇合，往西北穿过城墙，与铁塔湖相连。这条河学名叫惠济河，而百姓纷纷称之为护城河。

护城河不宽，窄处可以一跃而过之，许多低矮的桥匍匐在上面，两边平展，没有护栏，与道路连成一体，如果没有特别的留心，你不会觉察脚下居然还有一座桥的存在。这是土中的桥，即使是如此，也构不成对护城河的压迫，因为平常之际，河水的流量实在是太少了，少到可以忽略不计的地步。护城河的北端属于稍宽的地方，这主要是因为经过了整修，两岸形成低缓的坡度，缓坡上长满高低不平的草丛和野菜，一直延展到河床之处。春夏之交，那些野菜肥美异常，高大的茎叶将一些塑料垃圾掩盖，而新近扔过去的垃圾则悬挂在草叶之上，如道场的经幡，垂落或者飘动，将浑浊的目光缓缓牵引。秋冬时节，草叶衰退，众多废纸、塑料制品，以及宠物的粪便，如候鸟般落下，簇拥在一起，大小杂陈，构成一座老城底部的颜色。

河床平坦，日常之际，一股水流从中间划开一道细痕，裸露之处，被日光熏烤成灰白；几块断砖孤独地摔落其上，身子被泥水染得青黑，与旁边的河水颜色一致；有些时候，你还会看到，一只袜子不知何故奔跑到这里，陷入淤泥之中，如那些搁浅的人生，不能自拔，只有借助一次较大的洪水，宿命的栅栏才得以破开。天气暖和的时候，护城河边的夜市逐渐走向高潮，很多锋利的尖叫纷纷拥来，击打暮气沉沉的河水，一部分胃里灌满啤酒的男性，径直走到河的岸边，向缓坡抛洒身体内多余的液体。这些液体是进入不了河床里的，它们被草丛截留，成为意外的肥料。

没有人会把护城河当回事，这条腐臭多年的河流，是城市身体上排泄废物的毛孔。只要它存在，人们就会纷纷将生活的、身体的、情感的废物扔到这里，让其发酵，沤出刺鼻的气味。

如果是在夏天，一场暴雨之后，这个时候的护城河偶然会猛然苏醒，汹涌、激荡，每经过一座桥梁，就会撞击出多个漩涡，疾驰的水花迅速漫过草丛，将其间慵懒的垃圾拖曳，并卷入其中。在雨中，我多次碰到这样的场景，一些闲人手拿竹竿，立在桥上，竹竿的前端系着网兜，在涌出桥洞的漩涡处打捞着什么。难道是在打捞鱼虾么？这条腐化的河流里鱼虾已绝迹多年，他们为何明知故做？

或许是一场大雨叫醒了他们身体内的某些记忆，在往事的牵引下，人生的惯性重回枝头，促使着他们做出如此举动，除此之外，我想不到更好的因由。急流荡漾，洗刷护城河的两岸，显露了短暂的清澈，而几天过后，旧有的容颜又会迅速覆盖。护城河，只要是排污之地，它是斗不过那些韧性的垃圾的。

城墙之上，乌青的城砖整齐的堆砌，高踞于人们的头顶，成为风景或者叙述的主题，而十几米开外的护城河，距离并不遥远，但这十几米，却是一生也丈量不完的距离。我的一位学生曾用这样的诗句描述它：护城河/现在是液态的城墙/倒立在/狭小的河沟里。我觉得很好，就复制到这里。

# 公　　园

　　把城市区域内主要的格子拿掉，剩下的就是些补丁了。城中村、废弃的工厂、城市内河、建材市场、公园等等，皆是城市补丁的主要内容，它们距离行政中心、商务区有一定的距离，如围裙般系在城市微温的身体之上。如果从空中俯瞰，它们的楔入姿态愈加明显，而且颜色不一，就俯视的效果而言，公园则属于绿色的补丁。

　　比较开来，公园是一座城市保存泥土地面及树木草皮最多的地方之一。楼群占据了草木向上的空间，水泥地面又封闭了植物的根茎。在城市里，一棵植物的生长是很艰难的，但在公园，却是个例外，公园的泥土地面，为种子的生长提供了可能，而成年的大树则受到人工的特别呵护，它们会成群成片地在公园内扎根，在夏日，划出一地的阴凉。城市的其他地方也会有一些树木，然而独木难成林，形不成气候。近二十年，我在自己生活的城市里曾见证过，诸多树木被切割，大量草皮被翻掘的命运，它们的零落无法激发城市的伤感，让我时常想到，它们的无常其实就是世事的无常。

　　公园保存了一些草木，也保存了一些温存与善良。而这些温存与公园的主题与边界成正比例关系。因为公园的大小不一，以及本身定位的差异，所以草木的数量不可等同。

　　从渊源上看，公园这一名词是近代社会的产物，也是西学东渐的结果。可以想见，在家天下时代，只会有私家园林，不会有向大众敞开的公共园子。"普天之下，莫非王土"，专制社会中，人们的私有财产甚至身体、思想、情感皆归属于王权所有，何谈公共性的存在。那个时候并非没有园林，根据文献的记载，最有名的当然是皇家园林了，比如汉代的上苑，南朝的华林苑，宋代的金明池，清代的避暑山庄、圆明园等，它们的出现频率相当高，规制也极端奢华，曾装载过无数的宴游及笑语盈盈，也输送出偶然的阴谋、流血、帝位之更迭。另外，宋元明清时期，一些有审美情调的士大夫也营造出不少颇具格调的私家园林，作为致仕后养老的好去处，这些私家园林大多集中在江浙一带，比如退思园，它们漂亮、缜密，规制再小，也要把山水林石笼络其中，自成一个完整的天地。至于普通百姓，能把房顶的茅草加厚就已经不错了，哪还有财力去做后花园的事情。专制时代结束后，虽然公民社会的发育还不成熟，但一些理念毕竟进入了中国的身体之中，而公园就是与此相关的产物，我没有仔细研读过有关中山先生的文献，但根据推断，在其共和体制的设定中，公园虽然是其中很微小的事物，我想他一定会积极推动的。

　　新中国成立后，公园在各个城市大规模的推行，一个倡导人民当家作主的社会，当然会以细节的形式体现出来。当时，公园的命名也是个很有意思的事情，一般来说，采取的是政治正确性与历史渊源相结合的原则。如今，那些政治性因素逐渐淡化，历史积淀的因素逐渐突出，成为城市营销自身品牌的一个手段。这种向内转的风气，是当下城市软文化竞争的产物。就拿我所在的开封为例，身处中原，中等规模，历史上曾鼎鼎有名，一共有五座公园，分别是：铁塔公园，与宋代遗留下来的巍巍铁塔相关；

二是龙亭公园，这个不用说，皇帝坐龙亭的说法天下尽知；三是汴京公园，因为开封古称汴梁；四是禹王台公园，内有鼓吹台，乃当年李白、杜甫、高适三大诗人谈笑论天下的相聚之地；五是清明上河园，历史最短，落成于20世纪90年代，直接取材于张择端画作清明上河图。整个算下来，基本上都与历史上的北宋扯上了关系。

公园，是一座城市静止的公共汽车，它向各色人等开放。从福利社会的发展方向上看，应该是全民免费的，从一些材料中得知，北欧及美国的公园，那可是流浪者和行为艺术家过夜的地方，一些单身人士甚至直接把房车开到公园里，长期霸占某一块地方，由此可见，高福利国家的公园是彻底敞开的。但是在中国，各个城市的具体情况不一，有的是全部免费，有的是部分收费，有的则是全部收费。还是拿开封来说，我们这座旅游城市的基本定位是文化游，这也是缺少秀山丽水的必然结果，而文化资源大多集中在公园内，这导致门票制不仅愈发坚挺，而且有水涨船高的趋势。据我估计，收费可是中国公园的一大特色，这当然与低福利的现状有着紧密的关联。

早在二十年前，我就听闻英国海德公园的大名，这座世界知名度足够高的公园，并非因其漂亮，而是在那里，汇聚了各种奇谈怪论以及激进政治主张，许多演讲狂、异端甚至变态赶奔到此，绝对口无遮拦，而且无人干涉，也不会承担相应的后果，成了知名的自由之地。不过，申说政治观点绝不是公园的基本属性，在我们的城市里，为民众提供娱乐休闲才是公园的正宗功能。特别的时刻，一些房展、车展、家居用品展也会在公园内举行，图的正是公园的场地，这样的时候，往往是公园人气最旺之际，人们纷至沓来摩顶接踵，少不了会有小偷小摸混迹其中，带来一些偶发事件，促成人间闹剧的流年暗中转换。

通过对文字材料的阅读可以了解到，二十几年前的城市公园，是年轻人谈情说爱的佳处。双方各自揣着一本杂志或诗选，彼此的身体，以道德的态势站立，而话语热烈，讨论着人生、理想、文学等共同关心的话题。然而，在节奏明快的今天，公园早已淡出情侣的视线，若是情人关系就直接开房，若是恋爱，大街边的站牌就可以完成，去公园的举动，只能是情爱关系的明显浪费。所以，今天的公园在年轻人那里，是落寞的。很多次我注意到，自从年轻人退出后，老年人成了公园的主体，他们清晨来到这里或锻炼身体，或票友聚会，而到了晚上，公园又成了散步的好去处。或许是他们手中办有年票或老人证本身免费的因素，极低的成本，才会有如此的亲密。双休日的时候，来公园的孩子们会陡然增多，这一大一小，构成颇有意思的对位。

　　城市的公园，当然是美丽的，而这美丽是比照城市其他身体部位极端丑陋的结果；城市的公园，也是安静的，它是一艘泊在城市身体上不动的船。而这艘安静的船，能停泊我们的孤独与寂寞么？我却并不知道。

# 路　灯

　　城市的夜晚，向来缓慢而迟钝，各种照明器具所发出的光亮汇聚在一起，撕开夜色的衣服，漏出光亮的切口，从而延迟夜的脚步。在这些照明器具中，路灯不过是其中最有秩序的一种，它们或长或短，伴着道路，相互纵横、切割、交汇，但永远不会牵手并列，即使是在冬天里，被冰凌所包裹，也总是漠然地挺立，给路人以俯视。

　　可以想见的是，小学生们会无数次写到路灯，毕竟是发光的物体，不一样的偏爱会使他们将大把的想象和比喻抛向路灯，诸如：路灯的光如星星的眼睛，一闪一闪，或者那些路灯，如海洋般将我们的生活装扮得如此美丽，等等。这样的比喻日复一日，年复一年，在纸张上永不疲倦地奔跑，不在乎其间的重复，也不在乎彼此的雷同。只有等到许多年之后，他们中的极少数人才能突围而出，猛然明白，路灯的光与星星之光根本没有可比性，一个是工业文明的产物，是人类野心膨胀的挺进符号，一个则是亘古存在的自然之光，是诗性投射的对象；而路灯与海洋之间更是风马牛不相及，区区一排灯光就想与大海类比，只能是夜郎自大。

　　我相信，一个真正理解大海的人，会甚少使用大海一词，原因仅仅是敬畏，而一个终日与路灯打交道的人，绝不会产生神圣的感觉。路灯是寻常之物，是我们日常生活组成部分，存在的时候并不多余，缺少的时候总有点别扭，它只负责带给人们方便，除此之外，你若是想生发出其他的含义，多少都有点牵强比附。

在城市里，与路灯成正比例关系的是城市的规模和大街的多少，而真正决定路灯数量的则是城市的野心。一座没有野心的城市，是不会让自己身体的角角落落皆灯火通明，它会仔细地盘算路灯间的行距，审慎地布局路灯的所在位置，以节省市政开支。这样的精打细算在三十年前的中国，遍地开花。如今的中国城市，在国际化大都市的攀比风潮中，相互模仿追逐，一种山寨就可以是所有城市的缩影。轰轰烈烈的新区建设，使城市分割成两处沙盘，也打破了城市惯有的节奏和布局。新城与旧城之间，人口、收入、身份、等级等皆有各自的皈依，而路灯也就此有了明确的切分。一般来说，位于老城的路灯如同其停靠的路段，简单而寒碜，它们的构成因素可以一目了然，水泥杆，盘绕的电线，发出黄光的灯泡，以及喇叭形的铁皮罩子。如果是在风大的夜晚，从其下面经过，你还会听见细小的沙石敲打铁皮的声音，以及光圈的小幅摇摆，这个时候，你的感觉可能如船，正在微浪的湖中穿行。而新区的路灯，则别是一番景象，不仅在构成原料上有了很大区别。同样是水泥杆，但会更高，而且周身会被刷漆，电线也由明牵转为暗入，至于灯泡和外罩，也改由白炽灯和完整的玻璃罩子构成，如此一来，整洁气派的外观效果自然冒出。更重要的是，在规制及行距等方面也是整齐划一的，它们更像是一排排列兵，作为城市的形象工程，等待外来者的检阅。

在老城区，尤其是那些背街小巷，路灯的安装，往往属于被动的用法，在楼群、道路、排水设施等早已安顿下来的时候，它们才会被市政管理者送来，或歪或斜地插入城市细小的血管之上。而在新城区，未及厂房、高楼、其他设施赶到，只要是道路所及之处，它们就会被早早地安插在稍显荒芜的土地之上，以闪烁明亮的灯光，照亮脚下无数小动物的鸣叫。有时候，你会发现，在那些尚未完全修通的道路上，别说行人，就是车辆也几乎是空白，而路灯空明，在夜晚，每当我看到如此景象，我都会想，那些成排的灯光到底在照耀什么？是城市的空洞还是野心？又或者是城市野心的空洞！

作为一种公共设施，在一座城市的历史中，路灯无疑是属于最易于损毁的物事。损毁之故，除了自然因素外，最常见的就是人为地破坏了，一枚准确的石子就可以让其失去功能。很多话语飞溅的场合，这样的人为破坏皆被拿来说事，作为国人缺乏公共修养的例证。这样的话题我觉得，拿路灯来举证还不够到位，如果去一趟路边的公共厕所，足以诸般皆明。而一盏嘶哑的路灯，还不足以影响周围百姓的生活，只要有路灯亮着，他们就不会有过多的抱怨，投向城市的管理者，只有等到足够多的路灯灭下后，百姓才会将意见输送到管理部门那里。在我的见闻里，我还没闻见有城市市民因为一盏路灯的明灭与市政部门对簿公堂的事情，但你如果将因由归纳到百姓法制意识的淡薄上去，我只能说你是个赵括式的家伙。你没有说错，只是你没说出构成根部的细节，这细节是，百姓的过度良善以及超乎寻常的忍耐力。

我还是比较喜欢老城区内的路灯，在夏天，彼此可以频繁地照面。虽然路灯下的读书者现在已经绝迹，但在这个季节的晚上，我会看见一群人沐浴在灯光下，光着膀子，打牌或者下棋，其中每一次举手捶打，都会有丝丝光亮被手臂带起，抛洒向空中；我还会看见，三五老婆，摇着蒲扇，围坐在路灯下，那些忽闪的光芒，如水雾般穿过彼此脸上重重的褶皱，成为深入的沉静和光明。

# 民 工

## 冬 天

1999年冬，一场冷空气之后，气温骤降，离我的住处不远，土城村正在整修一条连接南北的小马路。从我搬到西郊开始，这个郊区的村庄似乎从未安闲过，盖房子、修马路、建市场，马不停蹄将村庄向城市延伸，将各式各样的垃圾编排到路上。这一次的整修只是村庄痉挛的一部分，除了拉来大量的沙土、水泥、石子之外，他们又拉来了一批穿着军用棉衣的民工。在那几天里，这批民工的身影集中晃荡在我的生活里，将我早出晚归的路途熏染。

马路边多了些用塑料布搭建的棚子，恰是民工们临时歇脚的地方，棚子向着马路的方向门户洞开，成为天然的大门，如果你的眼光轻轻掠过，里面的东西也就一目了然：几床颜色不一的被子，几只横七竖八的鞋子，还有些若隐若现的过期稻草。来往的次数多了，有时还会见到几个民工正斜倚在被子上抽烟。棚子的旁边，露天砌起一个台子，上面安置着一个寂寞的大锅，做完饭后，一些风雪雨霜则乘机占领地盘。晚上归来，常常见到他们或蹲或站立在路边吃饭的场景，一只手端着一碗菜汤，同时在手缝间塞上两个黝黑的大馍，另一只手持着一双筷子，个别人手掌下方还握住一根粉白的大葱。在吃饭间隙尚不忘相互谈笑。我看得出来，他们仿佛很快乐，不过我敢肯定，他们的快乐与我无关，与这个城市也无关。

这中间下了一场薄雪，早早地融化进泥土里。气温很低，因此留下成堆成堆的黑乎乎的冰块躲在阳光不易到达的地方，冷冷地坚守。以前的土路重新挖掘，在其旁开出了一条深深的壕沟，从中挖取的土和着冰碴直接堆放在路基上，一些水泥做成的管道被运到沟底，从北向南衔接过去。

这是个冰冷的早晨，我起了个大早，为的是赶到学校上第一节课。下楼的时候，天色杳如薄暮，厚厚的冰霜扑面而来，房屋、道路仿佛也因为寒冷缩紧了脖子。我系上棉帽的袢子，踏上自行车向东而去，经过那条正整修的马路的时候，我向沟里多看了一眼，居然发现有一排人在沟里睡觉。横七竖八的几床被子，铺盖在一层塑料布上，棉被之间伸出两三个沉睡中的头颅，乌黑的头发因为寒霜而变得花白。

在此之前，我当然见过各种各样的民工，但他们从我的生活边缘掠过的时候，我们之间好像从未发生过重叠，不过，从那个早晨开始，一些新的元素却在彼此的相交中迅速生长，天寒地冻中，几个民工安睡在露天的深沟里，这对于我们到底意味着什么？

## 春　天

又是春天，整个城市都是懒洋洋的，往年去南方过冬的候鸟即使回转，也不会在城市停留，城市也无须去专意迎接它们。

最早的一份新绿莫名其妙地来到身旁，当你恍然一悟的时候，春天已过了一半。

在新绿之前，在候鸟之前，民工却早早地来到城市里，寒意尚未完全退尽，他们身上还穿着去冬的军棉大衣。坐公交车的时候，我常常见到他们的身影，七八个人，直挺挺地坐在用被子搭成的临时椅子上面，眼神飘忽而不定，像不可捉摸的命运。如果他们靠前坐立，另外的人们就很难从前面挤过去，于是，那些骄傲的呵斥一而再地发生了，他们不得不一挪再挪，一直挪到车厢的最后面。有时候，他们也会坐到椅子上，但以我个人的经验，他们从未为城市的某个人让过座位，不知在更大的城市，这种情况又该如何，结果想来是不容乐观。他们把一年的大部分光阴洒在城市里，成为一个城市的组成部分，但在心理上，他们并不属于这座城市，何况他们这一部分，是城市另外的部分，城市的其他部分如人口、街道、单位、欲望、垃圾等互相联结，相守相成。而这两者之间，从不瓜葛，这个结果，我猜是来自于民工们的普遍坚持。

金明广场这个地方，是我的终点站，也是许多民工的终点站。下车之前，我通常会在座位上看见，他们一早就掂起大包挤到门前，下车之后，他们又很快没了踪影，我不知道附近哪个工地才是他们的目的地。

春天根深蒂固之后，被寒冷压抑的事物普遍苏醒。气温逐渐温和，在门口散步，常看见民工们叼着烟三五成群地晃荡在马路上，姿态夸张而放松。晚上没活干，他们就到处溜达，家属院正对门，开着一家网吧，网吧的旁边则是一家录像厅。这个季节，不分早晚，网吧门前总是排放着一溜自行车，那是一群高中少年的家什，而录像厅门口则是空荡荡的，我虽未踏入过，但知道录像厅的生意甚是火爆，门前空荡荡只是因为民工们没有自行车之故。

录像厅门前常常放着一块小黑板，上面没有张贴什么宣传画，只是用粉笔字写了几排歪歪斜斜的汉字，大抵与欲、与色、与春天的隐秘暗示有关。偶尔从音箱里还可听出女人发出的饱满尖叫。那是影片中女人的声音，而非某个民工的声音，如果你看过相关的纪录片，你就会知道，这个时候的民工屏声敛息，无比安静。

院门口这条马路向东500米，是一个菜市场，周围搭建了许多简易棚子，便宜的衣帽、食品、早餐等，这里应有尽有，许多民工聚集在这里，不分早晚，吃上一顿三块钱的烩面，外加大量辣椒和大蒜，作为劳苦之后的一次享受。某次买菜归来，前面正走着一位衣着鲜艳的年轻女子，蓦地从身后传来几声尖利的口哨声，我转过头去，几个头发蓬乱的年青民工正站在路边，发出放荡而淳朴的笑声，他们身上的军用棉大衣还未脱去，脸上却写满春天的隐秘含义。那位女子回过头白了一眼，一声不吭地走掉了。

## 夏 天

经过春天的几番骚动之后，到了夏天，城市像霜打后的茄子，整个就蔫了下去，尤其是在正午，也只有阳光和空调机在那里不知疲倦地撒欢。路口附近经常出没的民工们这时也躲到屋檐下，而写着泥瓦、电工字样的木牌还孤独地立在街边。有几棵刚栽下的树实在小得可怜，落下的阴凉在铺满阳光的地面上蹑手蹑脚，一些民工倚在树干下面，正打着盹，有限的阴凉盖在他们的身上，像是青黑的补丁。

夏天的城市是属于夜晚的，大梁路，尚未完工的几幢大楼门前的砖地上，有成群的民工的聚集。他们带着各自的席子、床单、枕头围坐在马路边沿，闪烁的烟火在都市的夜晚里不断起伏。有路灯的地方，几个民工正甩着扑克，全身上下仅穿着一个短小的裤衩，胸背之间，露出石头形状的肌肉。他们不时用肩上搭的毛巾驱赶着蚊虫，而蚊虫总是驱赶不完的，头顶上方的灯泡处，成团的蚊虫正预备着下一拨的俯冲，他们之间，就像城市马路上的占道者与执勤人员的关系，总是要直白地纠缠下去。

早上的马路则换了一番景象，车辆、行人很快挤满了这条单薄的马路，但那些躺在路边睡觉的民工们却是纹丝不动，不知何时，昨晚那条单子到了今早，却换成了一床床被子。太阳已经走到很高的位置，他们的头和身子却全部蜷缩在被子里，隆起一道道丘陵。

秋天即将到来的时候，马路边的被子才会逐渐减少，直到麦收，才会一卷而光。

## 秋　天

2002年秋天，我打算整修一下房子，从封阳台到铺地板砖，到收拾厨房，再到漆门窗，前后有一月有余，这期间，是我与这个城市的民工最近距离接触的时间。因为是一个人待在这个城市里，所以迎来送往，皆需要我亲自陪同。

大一点的活计，我从街边开的店里找人手帮忙，一些鸡毛样的杂活，我则直接到路边蹲着的人群中寻找。整个下来，只有两件事情起了波浪，其一就是换锁事件。下班的时候顺便在路口处叫上两个民工，并谈好了价钱，一共是六把锁，后来落在48元的工钱上，谈拢之后，我直接将他们带回家中。进了家门，发现他们干活甚是麻利，一个钟头左右就完工了，但当我把50元的现钞递过去的时候，他们死活却不找零，这下可把我惹急了，但其中一人比我更急，恶狠狠地说道："你还是个大学老师，竟然把两块钱看上了眼，哼！"这个哼字来得莫名其妙，后来，我见他们手中皆拿着换锁的铁制工具，只好打开铁门，让他们扬长而去。第二是漆门事件，更加惊心动魄，当时也是找来两个人，其中一人是专业漆工，另一人则是他从旁边随意抓来之人。那天，我刚好没课，未婚妻一直在家做着其他的杂务，中午的时候还给他们做了顿饭，一直到活计干完，付完工钱，事情看上去圆满无隙。可把门关上后不到三分钟，便听到咚咚的敲门声，打开门，发现这两人又回转开来，我正疑惑间，其中一个对我开门见山地讲要让我评理，我赶紧把他们让进屋，细听之后，才知详情，原来是下楼后，两人因为10元钱的归属而发生争执。说着说着，两个人的话语中皆有了暴力的倾向，那个帮手声称是郊区的人氏，而且刚从号里出来，声威甚大，而那位漆工也不示弱，顺手在我家里掂起一个啤酒瓶子。其间，我的苦劝也无济于事，直到后来我把几个同事叫上来，又拿出10元钱给那位又高又大的黑脸帮手，事情方才罢休。

又后来，那个黑脸的漆工成了我的朋友，我要了他的电话号码，又让他为我做了两个柜子，把我已淘汰的一些家具也送给了他。女儿未出生前，他又帮我把女儿的摇床重漆了一遍，这次他非但没有要工钱，还为我未出世的女儿买了个玩具，直到现在，他的善良依然在温暖着我。

有时，我会想起这两件事，并把它们并列在一起，并且我还想到这样一个问题：我在城市里生活，我是否会为了10元钱而和别人拼命？这简直成了一个高深的哲学问题，让人头疼。

## 结　语

我在城市里生活，每次上街、坐车或者漫步，甚至是站在楼上推开窗户，皆能见到民工们各样的身影。不过我知道，更多的民工其实在我的视线之外。以我所知，他们对于这个城市，或麻木，或屈服，或仇恨，不管是以何种态度，他们总是紧贴城市的阴沉。离城市的意兴遥而且远。

当然，我对他们的认识，顶多停留在一条河流的表面，包括文字，包括影像，所能抵达的都仅仅是部分，更多的故事，在麦收的季节，在年老的时候，他们终归要带回乡村。

有次在讲台上，我对我的学生说道："每次从街边走过，碰见蹲在路边的民工们，我都在想，我自己其实也是一个乡村的孩子，我也完全有理由成为他们中的任何一人，而且，如果命运的安排有一百种可能的话，有九十九种可能都将因此而发生，这里面的原因很简单，那就是，你/我是一个乡下人。"

　　据说，有次尼采刚刚从朋友家门口出来，正赶上一位马车夫正狠命地鞭打他的马匹，这时的尼采，突然丢下他的朋友，发疯般的冲上前去，抱住马的头颅，大哭道："我的受苦受难的兄弟啊！"从这之后，尼采也就疯掉了，成为我们不能理解的人物。

　　到底是谁疯了，其实是个难以言说的秘密。

# 仪　式

　　诗人萧开愚第一次来开封，到目的地之后，对着来接送的河南大学文学院的一名研究生问道，你们开封的人生终点站（即花圈店）怎么那么多？由于问题兴起突然，令这位研究生脑袋一紧，独自茫然了好一阵子。

　　这个问题的提出体现了一位诗人对尘世云烟的敏感，不过，在我看来，这其实并不算上一个真正的命题。原因在于开封是一座老城，狭窄幽深的街巷以及两旁低矮的房子是老城的基本影像特征，也就是说如果把个别主干线排除在外，老城的街道皆非宽展明亮的通衢。既然非高楼入云的现代化大道，花圈店的入驻也就水到渠成，再加上生活区、商业区、办公区的不分，所以花圈店也就纵横交错地分布在老城的各个端点之上。如此一来，令来自京城的诗人颇为讶然也就在情理之中了。就拿从火车站至河南大学的两条主要道路而言，两边的房子大多是2～3层的建筑，从南往北穿越了大概几十个生活小区，六七公里的里程，覆盖几万的人口应该是没有问题。我没有实地调查花圈店的大致数目，想来也不会少。以我在这个城市居留十数年的经验，一条一公里长的小街，大约有两家花圈店的存在。

　　在今天的开封，还有众多生活小区仍然处于开放的状态，没有围墙，没有绿化带地隔离，同样也没有保安的设置。小区之内，众多短而局促的街道互相连接，形成蛛网式的结构，如城市的地下管道般纠结在一起。花圈店与不设防的居民小区之间有着天然的亲和性，它们绕开高墙的阻挡，跟随那些交错的小街道，向城市的幽深之处挺进。只是因为它不像副食小店样提供日常的供给，所以不大能引起常人的注意。

一个城市与另一个城市之间，也许在经济社会等诸多方面存在着差异，但必定在某些方面有着相似性，比如出生率、死亡率、老龄化程度、受教育程度等，有些是由城市的基本属性决定的，有些则是有国家社会的基本结构所决定的。从这个意义上说，花圈店在开封的星罗棋布与这座城市的死亡率并没有什么直截的联系。与之相关的城市地理分布因素我在前面已有交代，除此之外，还有一个根本性因素的制约，那就是一座城市在岁月轮转中所积淀的文化态度，具体到花圈店而言，则是对待死的态度。

在中国的具体语境之中，生和死是联系在一起的，此岸关怀与彼岸关怀的不分，现世幸福的最大化，使普通中国人的思想信仰落实到生前不可道、死后无可知的层面之上，只有"此在"的悲哀或幸福才是实实在在可以握在手中的。生和死作为两个端点决定了每一份"此在"的存在，当然应该投之以更多的敬畏和关注，而对待鬼神则多采取姑且听之、信之的态度。"姑且"的限定性使用表明了人们对鬼神远之的态度，与对待生死形成鲜明的对比。从敬畏和关注出发，众多细节铺展在人们的言语之中，铺展在人们的物质化实践层面，即生和死的仪式化层面之上。花圈店就是这仪式化程序上一个物质细节，与乡村社会的香蜡黄纸性质等同。

作为一座老城，除了看得见的文化遗迹之外，它还会保留一些最深层的文化血液。拿开封来说，生死虽然是个很自然的事情，但围绕着生死却生长出来众多仪式，决非如鲁迅先生遗嘱所言埋掉拉倒。一个人的离世就意味着亲朋故旧的诸多繁忙，这其中又区分出两个方面，一是亲人的布置仪式；一是朋友故旧的吊唁。其中仪式的布置尤其繁杂，重要的有灵堂的设立、花圈的摆布、遗像的树立、祭品的购置以及遗物的处理等等，每一项皆有着严格的规定性。另有少数的百姓还会购来一些所扎的纸活，放置在灵堂的旁边。吊唁的仪式相比较而言较为简单，但体现在人数上则是络绎不绝的，同事、朋友、学生、老师、街坊邻居都会闻讯赶来，这在老城是个基本的人情。作为祭奠仪式的延续，每到七月半的时候，从城市的大大小小的角落里就会涌出各色人等，他们手中托着蜡烛和一摞摞黄裱纸张，来到两街相交的十字路口，在马路上画出一个个圆圈，然后点上蜡烛，将黄纸烧去。到了第二天清晨，你就会发现众多的圆圈匍匐在路面之上，那些青黑的痕迹，是最为深沉的文化烙印。尽管市政府三令五申，禁止此事的发生，怎奈何如此固执的文化心理，只好罢了。

花圈店的门脸一般都不会太大，副食商店可能会升格为超市，小拉面馆也有可能升级为拉面大王，但花圈店绝不会升级为家具总汇类的东西。有的门脸甚至仅有小半间房子，然而麻雀虽小，五脏却俱全，不仅仅是出售花圈，还有哀乐、纸活、麻布及专供丧礼演出的队伍等等，其功能基本可以满足老百姓发丧仪式的各种需求。这其中，我对那些丧礼的演出印象尤深。在城市里，你可以绕开火葬场，可以绕开某条小巷中兀然涌现的灵堂，但你没法绕开丧礼演出弄出的声响。重要的原因是因为那些声响过于宏伟，没有四栋楼的阻隔，你很难不会被袭击到，另外，其时间也足够长，往往从晚七点开始，一直持续到深夜十一点钟。

丧礼的演出就放在灵堂旁边，声响的内容悲伤深沉就还罢了，如伤情的地方戏曲等，让人无法忍受的是其中的戏谑。流行歌曲，电子击打音乐皆收纳其中，偶然的一次，我被动地听闻了东北二人转的一次响声，一男一女打情骂俏的声音通过扩音器的增容，尖利地撞向楼层中的众多窗户，在任何有空隙的地方穿行。我关上了窗户拉上窗帘，但是不行，玻璃终归是软弱的，它阻隔不了扩音器的声音，也阻隔不了灵堂附近看热闹的人群发出的叫好声。这个时候，我有些悲哀，不是为那些活着的欢快的人们，也不是为了文化形式的扭曲变形，只为那些正处于悲伤的逝者的亲人们。

"亲戚或余悲，他人亦已歌，死去何所道，托体同山阿"，所祈望的不是不要歌之，而是不要那么快，而且又那么近距离地歌之。

# 早　餐

　　文字之外的城市，驻守在庞大的细节之中，这些细节交叉纵横，相互层叠，与街巷的阡陌分明向来不同。它们是一片密织的雪幕，通过互相搭建，形成了城市日常生活的基本血管。越是古老的城市，其间的细节愈是繁密，愈是让观者难以钩沉其中的路向。

　　古城对物质细节的迷恋往往让人直接联想到植物的根部，古城的独特韵味也和这些物质细节紧密纠缠在一起，或明或暗的时光里，它们一同潜伏，一同涨落。如果你从外地茕茕而至，又在这座古城里生活上那么一段时间，那么，你和它的物质细节之间，将维持相当长时间的紧张关系，被它们覆盖，又难以求解，这是真正让人怅惘的地方。

　　必须要解决一些事情，我的眼睛规定了肉体的任务。既然投身到这座城市，就要试着认识它的模糊背影。

　　好罢，就从早餐开始，看一看从早餐这一庞大布局中所挤出来的开封。来这座古城落脚已经是十几年前的事情了，前几年的漂泊无着，常常在一些早餐摊位前穿梭，近距离地生活在一起，使我渐渐了解它的一些详细。

　　开封的早餐，从内容上讲，是品种众多，花样迭出，油炸类的全国通用食品无须多言，单是面点类就可拉出一长溜的清单，比如说包子、花卷、蒸饺、锅盔、锅贴、煎包等，而所饮之汤也是随声而附和，种类之繁多也影响到盛汤之器皿，一条巷子或者小街下来，从各类陶罐到不锈钢铁桶，错落有致，让你不得不佩服，老城的人们对饮食的格外用心。而早餐摊位更是不厌其烦地从各个角落里涌出，流动的且不说，凡是小街道上，恐怕有一小半的店面都会在早晨开出几排桌子，在正当门的地方摆布，无须横幅的张贴，这就是最显著的招牌。

如此不吝字纸的介绍，原非我的本意，我不是旅游推销人员，对一个城市早餐内容的介绍永远不可能精当，让我留心的只是它的形式。在其他的城市，我想，早餐是个多么微小的细节，而在开封，却是这样地丰满，除了中山路、北门大街、西门大街等主要干道外，数百条巷子和其他的街道一道铺开，与早餐之间形成深刻的共谋关系，油条和烙饼互相张望，以新鲜的姿态攫取人们的偏好，这是一场多么庞大的进食游戏，就像史前时代一个巨型肉食动物倒下后，演绎成了众多动物的分赃。在开封，数量的疯狂覆盖尚在其次，时间的延展才真正构成了对早餐定义的严重挑战，如果是在夏天，大概在五点半，大部分早餐摊位就已就绪，等待渐次苏醒的人们，在冬天，这个时刻表相应地要后延半个小时左右。问题不在于它的开始，而是它的持续，最早到达早餐摊位的是一些上早课的学生，所以六点半左右，一天的早餐迎来第一次高峰，接着就是纷纷上班的人们，从早七点到八点钟的样子，这是早餐的洪峰时期。这两拨人之后，吃早餐的人们实在难以归类，姑且称之为闲散人氏，可别小看了他们，正是他们，构成了这座城市惊人的早餐内容。他们来自四野，满身的游击习气，早餐摊位很难准确踩点，所以只好死等，这样一来，从早八点到十点钟，甚至还要延后一段时间，绝大部分早餐摊位皆不会撤退，成百上千的早餐摊位虚位以待，这些闲散人氏的数量想来可以从中想见。我想，哪怕是一个精细的社会学家，也难以摸清他们到底来自哪里，有多少人，靠什么来维持生活，我也曾不自量力地思考过这个问题，后来知难而退。风行水上，正是他们，构成了一座古城逼仄的，同时也让人们可以充分展开想象的真实。

每天的十点钟，对于开封来说，这不是早餐落幕的时间，虽然，大部分摊位开始消失，而所有的羊肉汤馆依然人声鼎沸，更晚起的人们纷至沓来，他们大多是一些熬夜者，或是开了一夜车的出租车司机，或是一些通宵在牌桌上奋战的闲客，十点或者十一点，对于他们来说，是早晨的开始，一碗羊肉泡馍，刚好可以滋润他们干枯的肠道。

常常是这样，两节课后，我在回家的路上，就可以充分端详早餐摊位撤离后的经典景象，一些白色的垃圾袋，被人们摔打在地上受伤的一次性筷子，带有齿痕的几块面饼的余屑，叠成角状的餐巾纸（准确地说多数是卫生纸），以及那些恣肆的泔水，它们集中混杂在一起，让人很容易猜想到曾经的早餐风暴。

一座古城的物质细节，能否由早餐这个微小的事物加以注解，我实在没有把握。但我知道，余秋雨先生曾经在一篇文章里，将开封和百里之外的省府郑州做了有趣的对比，大意是说，开封作为古城，很智性地将紧张、繁忙、节奏甩给了郑州，而把从容不迫，恬静闲散留在了自己的身子骨里。开封是甩落了很多东西，但是不是智性的甩落，却必须存疑。

# 宠　物

　　我的一位同事为大一新生开了一门选修课，科目为城市文化研究。为了响应课堂教学多些互动的动员令，开课伊始，他就给了在座的新生自由发言的机会，内容相关对开封这座老城的印象。问题甫一提出，还有些冷场，好在这群血气方刚的年轻人容易调动，迅即叽喳起来。话题行进至中途，斜刺里杀出个程咬金，一名来自外省的男生咕咚一声从座位上立起，大谈其对这座城市的直观感受，概括起来要点有二，即开封这座城市有两样东西特别多，塞满了大街小巷，其一是花圈店，其二是性用品商店。

　　在饭桌上，我们遭遇了这个重提的旧事。也许在座的没有女性，所以大家围绕着性用品商店的问题一直贯穿下去。一批博士、教授纷纷建言，有人将其归结为老城的颓废，有人将其归结为都市欲望的物质表达，还有人将其归结为老城闲人文化的重要组成。我偶尔会插上两句，不过，主要扮演了旁听者的角色。而且发现，学者一旦为男人身，当然也喜欢谈与女人有关的话题，不过，这个人群较少直奔肉体的、感性的、湿漉漉的话题，一般情况下，也没有闪电直白的开头，往往在话题推进的过程中采取更多的修辞手段，间或伴随抽象概括的介入。言而总之，注重修辞加上理论化算得上是群体特性了。

开封这座老城，从我开始步入算起，已经收容了我个人生活将近二十年的光阴。以我的经验来看，这位学生所言恰切，但还不够充分，除了上述两样之外，还有一样东西他没有说到，这样东西就是城市宠物，数目同样动魄惊心。

说到城市宠物，现代媒介以文字报道、电视画面、网络图片等等形式，早已向我们传递了千奇百怪的景观。与宠物有关的内容，夹杂在明星绯闻逸事、政治动向、国际时事、体育动态、股票指数、剧情花絮之间，朝着我们呼啸而来，从而覆盖，从而穿刺，形成薄薄的经验，一旦提及，或许会有瞬间的堆积，在脑海里翻卷。就拿我本人来说，我会想到那只在美国街头随意徜徉重达七百斤的大猪，因为曾勇救女主人而受到特别的尊崇和眷顾。此处的眷顾，当然不仅仅是来自女主人的，它的事迹传开后，整个小城的居民皆对它青眼相加，遇之则主动为其让道。我想它既不是一般的城市宠物，也不是王小波笔下的特立独行的猪，而是一只富有传奇色彩的猪，非如此，身影怎会越海而来，击打我们业已审美疲劳的眼睛！

我还会想起在云南滇池捕捉上来的一只长满钢牙的鳄鱼龟，身形硕大，许多鱼类成了它的腹中物。据人们推测，这个外来的物种，一定是作为宠物而收养，后来被主人弃置到湖中，于是演绎成一段新闻。而2003年非典期间，那只被主人从高楼上扔下，坠地而死的宠物猫，更是记忆犹新。我清楚地记得这件事的发生地在首善之地北京，尤其忘不掉的是非常时期人性所表现出的自私。固然是个特例，却如深渊般储藏在记忆的湖底，在街面上若是遇见怀抱小猫的男人女人，常常会想起这只被丢弃的猫，并悬置如此问题，它从十几层高楼上下落时，会不会发出尖利的叫声。这些从自我经验中搜罗出来的对象，也许是因其特异性，印痕颇深，至于那些常见的宠物种类，如各种狗之类，恰似过江之鲫，太多了，反而形影单薄，什么女主人与宠物狗接吻的照片，什么为其添置名贵的衣服，或者诸多养宠物者凑在一起，为它们搞个运动会，或者身死后为其所举行的隆重葬礼之类，都不在话下。这些图片或故事都无法形成刀锋或者钝器，敲打个体的人生经验，顶多像薄雾般，腾起然后消散。

卡夫卡曾指出，你端坐不动，大千世界会自动向你涌来。以上表达的表象经验，恰恰对应了这一点。回到日常现实中来，回到一座老城细小的血管之上，在这里，与宠物有关的遭逢际会，数不胜数。可以这样说，即使你从不豢养宠物，宠物也会成为你日常生活形态的部分。

老城开封，最常见的宠物类型就是狗类了。它们名目繁多，造型和式样也令人眼花缭乱，因为我从不养护宠物，也没有特别的兴趣去搜集相关知识，请原谅我无法做出谱系的钩沉。我能够描述的只能是这样的事实：如果你踱出家门，五十步内必遇手牵或怀抱宠物者，这还是放到现在，如果放到创建卫生城市之前的几年，还要加上百步之内必见粪便这句。四年前，我曾在楼栋的墙根处开辟了一小块菜地，某天突发奇想，想收拾些动物粪便倾倒入菜地里，当作有机肥料使用，当我拿着铁锨去寻找这些对象时，发现这是个不费吹灰之力的活计，周围五十米内收集来的粪便已足够。后来楼上的一位大叔告诉我，狗粪烧，种地不宜，方才放弃后续的收罗。这座不到百万的城市，在展开整治清理客用三轮车之前，因为三万多的保有量，曾被人们戏称为三轮之城。依照我个人的判断，这座城市单是各种狗类的数量恐怕就要超出客用三轮车的数量了。

如果不是暴雨倾盆或者大雪封门的极端天气，在社区、菜场、小巷、街道、广场这些城市公共空间内，不分上班时间、非上班时间，或者早中晚时分，总会有那么几只宠物狗在你的眼皮前晃荡，领着它们的有老人、孩子，有中年妇女或青少俊男。尤其是在大清早和晚饭后这两个时间段，宠物的出现特别集中，本地人称之为遛弯，实际上是为宠物们放风，关在屋里已经一整天了，它们也需要出来透气，撒撒脚丫。主人利用这个机会，可以让它们来上一次痛痛快快的撒尿拉屎行动，把屎屎拉在外边，家中的清洁卫生工作就可以省事许多，在图省事这个问题上，不必多言，人们往往是一拍即合，并顺势跟风。创建卫生城市的指令下达后，社区针对宠物粪便的问题必定做了不少工作，我注意到从去年开始，但凡遇见带着宠物遛弯的人们，手中必握着一个短柄的铁锨，他们紧跟着宠物屁股后面，专注而虔诚。不管是出自行政命令抑或经济处罚，公共空间的污染度毕竟在降低，只是有点委屈了街头道边的植物，粪便可以清除，尿液却必须由它们去收留，关键的问题是，不是所有动物的液体排泄物都是有机肥料，狗粪有副作用，狗尿想来也好不到哪里去。

在书城三楼，我曾碰见一位年轻貌美的女孩儿，怀抱刚出生不久的小狗，与其身边男友一边调笑，一边用柔荑之手抚摩小狗的头部，眼光深情而迷离。之前，在这个城市里，在公交车上，在出租车上，在商场里，皆见过怀抱宠物的人们的出没，甚至有次在饭店大厅里吃饭，看见一中年妇女牵着一条神气十足的大狗，摇摇摆摆地在里面转了一圈儿，与服务生发生争执后，方才离开。我曾在北京、上海、郑州等大型城市逗留盘桓过数日，省内的中小城市则常去常新，就目睹城市宠物的次数来说，小城市的规矩绳墨较少，数量上相对多一些。若是一定要放在一起进行类比，只能落定在大同小异的范围之内，但是要把开封这座老城加入队伍的话，将是两个阵营的问题，很显然，开封是独一无二的这一个，其他城市则需全部划到白线的另一边。

在老城开封，养宠物，尤其是养狗这个因素，已经形成了一种根深蒂固的文化，如同三轮之城的叫法一样，成为这座城市最重要的拼贴和颜色之一。这里有号称全国最大规模的狗市，即宠物狗的交易市场；这里有养宠物者强烈而热情的互动交流；这里有不少家庭，以养狗为唯一的营生，比如在我居住的地方附近，就可找出三四个这样的家庭，从楼下经过的时候，常常听见大狗小狗的吠声从某个屋子中冲撞而出，嘈嘈切切错杂弹。天气转暖的时候，常会碰见一两个中年女人，手握粗缆绳，前端分叉，分别套在六七条狗的脖子上，一旦它们撒欢儿，就会把女子拖曳得踉跄。我曾在星爷主演的电影中看到狗拖人走的场景，没想到这个超现实主义画面就在我眼皮下实景演出；这里还有提供各种狗类交配的中介场所，我曾多次目睹笼子里发情的公狗发出的激情欢叫，伴随着大步流星的步伐，间或身体向着铁条撞击过去，传出沉闷的"咚咚"声。

不可否认，城市的生活形态具有强烈的传染性，如果不是强大的个体，很容易被其同化其中，比如成都的麻将，重庆的火锅，广州的早茶，某个小城的慵懒，等等。在开封这座流动性极差的老城里，养狗这件事，已经不是互相传染的问题了，彼此间早已结成攻守同盟的关系。我还记得十几年前，读本科时的一位老师，当时锐气十足，就开封狗市的问题写了一篇杂感，刊登在本地报纸副刊版面。没过几天，轩然大波拔地而起，据听说舆情如潮，层层压力之下，迫使着已然是正教授的他被迫登报发出道歉声明。另有小道消息传出，说道歉之后，还有后续的罚款，并且数目不菲。对这个消息我半信半疑，现在是苦于没有机会当面求证，因为我的这位老师已调动到南京大学，做了博士生导师。

闺女和媳妇都比较怕狗，下楼散步，如果遇见的是小狗，她们两个便藏在我的身后，拽住我的衣角，我只要对着小狗呵斥几声，尚可应付。若是遇见比较大的宠物狗，她们两个则立刻四散奔逃，把我推到最前面，撒欢儿的大狗往往会围着我的双脚兴奋地转悠，偶尔有那么几次，它会突然跳起，两个前爪腾空，恰好掐在我的腰部，并伸出长长的舌头，舔吻我下垂的手背，顿时，一丝湿滑，一丝温热，一丝酥麻，迅即遍布周身。即使是在这个时刻，我也是既不憎厌它们，也不热爱它们。

# 书　店　街

在当下，城市的名头，总是与实物或者文化概念相关。它们之间呈梯级形式分配，越是古老的城市，地标建筑等实物反而退居其次，那些从历史淤泥中腾起的人物或故事往往占据头条，映入人们的脑际。

拿开封来说，拔得头筹的无疑是包龙图打坐开封府的故事，在其身后，可以排清明上河图，也可以排皇帝坐龙廷之龙亭，或者徽宗与李师师约会之樊楼。往往是这样，梯级分配阵式中靠前的名头，它们仿佛是为他乡人而准备的，与本地人亲密相关的恰恰是后排的就座者，而我要说的书店街就属于后排就座的阵营。

一般来说，在别的城市，人们最熟知的是商业街或大商场这些地名符号，而开封这座老城，则稍稍有点变异，除了马道街这条商业街人尽可知之外，还有两条另外属性的街道也涌入进来。一条是以古玩玉器字画闻名的宋都御街；另一条则是以文化属性为特色的书店街。

二十年前那个秋天，我和另一位同学一道，踏着秋雨步入古城，进入河南大学读书。又过了几日，和一位高年级的老乡利用周日出门上街，这是我第一次用脚步丈量开封的街道，尚记得我们的目的地就是书店街。听周围的人说那里的书店很多，我当时学的是中文专业，或许是有那么一点点虚荣心，所以把赶场的目的地锁定在那里，需要坦白的是，那个时候的我对读书还一穷二白，更谈不上买书的习惯了。学校距离书店街不到两公里，三条街，两个路口，左拐即到，那时的双眼还不会观察和记录，满眼都是晃动的景象，如果是今天的我，或许会使用如此的句式记录：我在大街上游走／低矮的平房匀速后撤／每一种声音都落在日光之上／然后消失／最初的露水何时抵达／我一无所知。可惜的是，这些后来的猜想无法揭开往事的盖子，我只是记得当时是去了，买书了没有？不知道，误了吃饭的点没有？也不知道。

　　大二的时候，双休日的规定开始执行，闲时间多了，渐渐地，便和书店街相熟开来。这条街若是认真说道说道，还是有很多嚼头的，比如它的历史渊源，可上溯至北宋；比如其建筑，古色古香，雕梁画栋，打眼望去，皆二层建筑，单是檐头的衰草，就会激起你无端的意绪；比如其匾额楹联，多出自名家圣手，百年时光，润泽其间；比如其文化意味，这个地方云集了四十多家书店和一百多家文化用品商店；还有其名气，与东京神田书街齐名，为世界两大古街之一，如此这般，尚有诸多的逸兴遄飞流淌其间。不过，这些对于当时的我来说，是不会在意的，我所在意的是图书是否齐全，品味是否适中。好在这些属性放到书店街里可谓小菜一碟。当时，它不仅汇聚了本城甚至是本省最好的书店，印象最深的有两家书店，一是学术品位高端的古都书店；二是旧书集散中心的新华书店分部。而买书却是又愉快又纠结的事情，愉快是因为自己已加入读书的队伍中去，而且在初始的端点上好高骛远，小说类追逐米兰昆德拉、卡夫卡、马尔克斯，社科类追慕康德和黑格尔；纠结是因为穷学生一个，经济能力实在有限，很多时候，如孔乙己般，只能从兜里排出几文小钱。常常是这样，为了省下五角钱的公交费用，和几个要好的哥们儿步行而去，有余钱则买上几本，叮当作响的情况下则在书店里翻阅，以便记住一些好书的名目后下次再买。

毕业之后，我去了开封师专工作，学校位于中山路，与书店街仅隔一条小街，步行也就三五分钟的工夫。闲下来的时候，依然常去书店街游逛，白天去书店，夜晚则逛夜市。书店街上的夜市什么时候兴起的，我无从知晓，但是这个地方的夜市与其紧邻的鼓楼夜市却有很大区别，鼓楼夜市以小吃而天下名，这个地方的夜市更像杂货交易市场，小饰品，衣服鞋帽，打折家具，儿童玩具，日用商品等等，一应尽有。一个突出的特性不是齐全，而是便宜，如北宋时期的鬼市般，这个地方的夜市归属于免税的范围，这对那些以做小生意糊口者，是最大的利好。20世纪90年代末期，随着下岗风潮的涌动，老城的各个角落开始涌现各种特性的夜市，其中大多走餐饮的路子，而书店街夜市则独具一格，为外来务工者、学生、底层市民的日常需要服务。

小商品涌入雅化的书店街，也许是必然的命运。2000年之后，夹缝中的书店街开始往两个方向游走，大部分书店转向实用类图书的营销，教辅类、自学考试类、司法考试类等定点书店开始生成，一小部分高端书店则消失于茫茫人群中。大概在2007年，古都书店的老板——那一对胖胖的夫妇，突然在我的视野里失踪。这些周遭的事物，它们的转换速度，与时间一样锋利，它可能不会立刻刺痛我们，却能够不断切入我们的经验和身体，如帕慕克所言：它都发生在日常生活的种种细节中，通过物品、故事、艺术、人的热情和梦想进行。

就这样，书店街上的书店不见得在数量上有多大的减少，但在我心里，它老去的速度特别醒目。很多时候，我还会路过那里，匆匆而过，或者陪着媳妇逛逛那里的饰品店，或者逛一逛卖手袋的地方。如果是在夏天，总会在一家卖酸梅汤的小店前停留，听从女儿的吩咐，为她买上一杯汤汁，静候的时刻，站在街边，我的目光会依次逡巡这条两百米长的街道，茫然而稀疏。

# 昏迷的马路

我在自己的几篇文章里皆提到过门前的这条马路，这条被命名为解放路的郊区公路，东起医药大厦，西至税校，全长两公里，与南边的大道形成一个倾斜的三角。从1998年算起，我们有五年的时光呼吸与共，眼前，这种关系看来还要持续下去，除非有那么一天，一种异己的力量将我抛至城市的他处。

1998年，我第一次踏上这条乡属公路。那是夏季一个难得清凉的下午，和几个朋友一道来遥远的西郊察看新落成的家属院。在此之前，我的足迹多停泊在城市的东部和中部，西门之外的地方，我几乎没有涉足。从市中心出发，沿着笔直的大梁路向西，骑车三十分钟后，从水上乐园转过弯来，才抵达现在的地方，于是，看到几栋崭新漂亮的楼房耸起在黄沙漫漫之上，心里一阵莫名，不知其中的哪一单元才是我的归属。

未来的家属院恰好紧邻着这条马路，回去的时候，为了节省行程，我们走的正是解放路。我必须承认，第一次的行走是惬意的，夕阳西下，渐渐沉入西边的树丛之中，只有少量的余晖透过枝叶的间隙，在地上斜斜地勾出斑驳的影子，行人很少，两排高大的杨树在轻风的抚弄下不时发出哗哗啦啦的响声，不远处的田间，大批的作物被季节涂抹得青黑，在晚风中匍匐，尤其是向北的地方，更是一望无际的青色，红薯、花生、黄豆等等，共染一幅画卷。再往前走不远，则是一个村庄，几只母鸡正迈着夸张的步子踱过马路，身体摆动得很厉害，像是一位醉酒后的笨汉，而路边的空地上，一两条土狗斜歪在地上，两眼无神地瞅着脚下，长长的舌头在呼哧呼哧的吞吐中上下抖动，即使有我们车轮的叮当碾过，它那肥大的眼皮依然耷拉下来。紧挨着村庄的是几块菜地，隔着矮矮的围墙，我看见几个朴素的身影正在那里忙活，距离最近的时候，还能闻见几丝淡淡的人粪的味道。

马路宽不过五米，虽然仅由沥青与碎石混合而成，但却非常平整，极少有坑洼的地方。五米的宽度，也不足以成为大型机动车辆驻足的理由，这是我的猜想，不过在六月的傍晚，从柔软的沥青上留下的道道自行车轮的印痕中得到了证实。这是一条以自行车与步行为主体的马路，小巧而整洁，包括那些被风吹下的叶子，也很少在路面上停留，而是卧在路旁的草丛中休息。

一条宁静的乡村马路，携手两行高大的杨树，驮着各类作物的蕴香，斜斜地、诗意地伸向城市，在边缘处浅浅地驻足，这是我当时的强烈构想，我知道它不一定符合真实，而我却愿意这样认为。

越是美好的构想，在今天的现实里，越是容易流于臆想，果不其然，几年下来，我几乎亲历了这条马路逐渐变质、变味的全过程。

1998年秋天，定居西郊后，与马路的亲缘关系成了我的朝朝暮暮，渐渐地，我也熟悉了它的每一寸肌肤。这条两公里长的乡村公路共穿越四个城市单位——教育学院、骨科医院、西郊中学、税校，一个郊区村庄——土城，40分钟一班的11路公交车当时也打这里路过，是马路上唯一通行的公交车次，不过，在早9点、晚5点之前之后，似乎从未见过其踪影。

令人不解的是，在破碎方面，现实要比我的构想快得多，从1999年开始，马路，以及马路两旁的事物开始繁闹起来。先是那几块菜地被改装成简易的棚子，门上用粗粗的黑体字描成某某家具厂的字样，路过的时候，常常听见从里面传出的沉闷锯声，像是一把钝刀，渐渐深入柔软的肉体，偶尔，锯声会急促起来，那是钢铁与木头的骨骼碰撞出的特有的刺耳声，门前堆积的锯末、碎木头越来越多，一场大雨之后，被冲得七零八落，上面挂着湿湿的泪痕，以及人们踏踩过后留下的泥巴脚印。而家具厂旁边的空地，又接二连三地出现了类似的棚子，有做防盗网的，有卖早点的，还有几个修车铺子夹杂其中。马路上的空气也因此变得稠密起来，开始散发出一些甜腻而腐败的气息，那是一种特有的油漆的味道，多年之后，我在那些做家居装修的楼道里又多次闻到。

而骨科医院的门口，在这一年的某个时间，出现了几个卖菜的摊位，并且越聚越多，一些水果摊最后也奔赴其中。若从那里路过，便常见到一些发黄的菜叶、霉变的果皮紧贴住路面，上面清晰地印出车轮的斑纹，被碾压出的黄黄的汁液伸出长长的舌头，在路面上勾出一些怪怪的构图。间或有几条野狗钻在菜摊的架子下面，屁股高高撅起，露出难看的尾部。

上面曾提到的土城村，恰好位于马路的中间。从1999年开始，村民盖房子的热情像一场风暴的刮过，而且一直持续到今天，他们或者在路边盖上新房，或者将平房改装成楼房，而我知道，他们的目的并非是为了改善居住条件，而是要造出更多的房间以供租赁，因为，南边不远处的开封大学的学生们，在这一年突然升腾出男女同居的热潮。在这样的时代，事情总是这样邪门，无论多么龌龊的事物，都可以快速传染。与盖房子相配合的是沿着马路到处堆放的沙土、砖块、木料、石子等，还有轰轰隆隆的拖拉机声。在村庄的西边，也就是靠近我们家属院的地方，村民们又开凿出一大片的石灰池，白色的烟雾经久不散，还有那呛人的味道，将四周的作物渐渐漂白。一些重型的车辆也开始出现了，而突突而过冒着黑烟的三轮则更是常客。平整的路面，在这一年也开始破裂，伤口逐渐扩大，它们囤积着过期的雨水，黑亮亮地，在路中间闪烁，若是骑自行车而过，你必须学会闪躲，而要是在黑灯瞎火的夜晚，则只能听天由命。

得益于西郊成为这座城市新的开发热点，土城这个村庄在这几年中不断扩大，庄稼地则大幅度后撤，到今天为止，彻底化为乌有。有人说过，20世纪90年代后的中国城市正普遍成为一个大型建筑工地，进入21世纪后，这个工地的规模则越来越趋于巨型，没有人能够估算出这一工地的复杂程度，同样，也没有人能够估算出其吞噬郊区的速度。一只抽象的手，无数只抽象的手，不知在哪个时间，以何种方式，捕获一条脆弱的马路，这是我五年之后的今天，关于它的一些构想。

以前那些大豆、油菜、麦苗居住的地方，先后变成了现实的建筑工地，它们的同类只好徙往更北的地方，这是一场只有进和退，却没有互换位置机会的游戏，过程自然而残酷。几年之后，有几个住宅小区拔地而起，像位于我们正前方的康平家园，地下就曾埋藏过无数小麦的灵魂，还有教育学院右边的空地上，也耸起座座小区，据说房价位居全市前列。另有一些单位，将剩余的耕地占据，只是楼盖得并不快，三年过去了，仍然没有封顶，常常可以看到，从墙体中伸出的长长短短的钢筋闲挂在空中，偶尔会有那么一两只乌鸦搭在上面，没事的时候叫春。

马路被周围的城市化所包围，新鲜或陈旧的垃圾日渐爬上其脖颈。铺设管道时掘起的泥土，废弃的建筑材料，烂菜帮，西瓜皮，塑料袋子，等等，混杂在一起，和平共处。再后来，马路中间的坑坑洼洼，也成了倾倒垃圾的现成地方，那些乌黑的脏水因而溢出来，与泥土情景交融，如果是一段特别湿润的时期，你就会发现，马路上全是这些黑泥。这个时候，马路不仅仅是尘土飞扬，而是早已面目全非，道路中间几乎全被垃圾所占领，每天都会有新的垃圾的到来，拖拉机的巨大轮子又会将它们压扁，形成深深浅浅的泥塘。如果是非机动的行走，人们也只能选择路边的泥堆，推着自行车，高一脚，低一脚地前行。出现这样的结果，大约是在2001年，这一年，西郊中学邻近马路的北门正式封闭，11路公交车从此停止在这条路上运行，而家属院的众同事们，早已选择了绕道南边的大梁路，进入城市，也是在这一年，两公里长的路段，你很难再发现有什么沥青，或者一整块较好的路面，能够端详到的只能是：碎砖块，污水，变色的泥巴以及新鲜的剩饭菜。一条马路成了这般模样，就像一位失色的青楼女子，人们纷纷走散，这个时候，拖拉机，四轮，解放牌卡车倒成了幸存下来的主人。端坐在楼上，常常听到它们故意展出的"突突突"的声音，若是遇到某个深坑，在"突突"之外，轮子上又会多出"铛"的一声，然后是后面车厢随之发出的"咣"的一声晃动，我想，这个时候的马路已经昏迷，无论再锐利的声音，也无法将其叫醒。

2001年的时候，我在马路边，还发现了这样一件趣事。那是个深秋时节，从家属院向东不远，在堆积如山的垃圾中间，我看见有一位衣衫褴褛的流浪汉卧在那里，用碎砖块垒起一个简易的锅灶，然后再放上一只铁锅，用捡来的柴禾不知在熬着什么，就着斑斓的阳光，他的脸上堆砌着许多我无以知晓的内容，这是一位多么彻底的乐天派。过后我常常想，他这样一个人，要么是疯子，要么是哲学家，或者说既是哲学家也是疯子。2001年，整个马路已经昏迷，居然在路边投射出这么一抹亮色，如此结果，又是多么惊人。

作为这条马路最后也是最美的风景——两排杨树，是在2002年的春天走完最后的旅程的。据说是要重修马路了，因拓宽的需要而决定砍伐，砍树的那天，我正好赋闲在家，也不知从哪里涌来这么多的人，这么多的拖拉机，反正是密密麻麻的一片，围着沉默的杨树，指点着什么。紧接着发生的是，钢锯与新鲜的木头之间拉扯出的尖声，轰然倒地后树枝的断裂声，连续回荡了几天几夜，就好像你站在路边，相继听到人群爆出的阵阵骨折声，声声震耳，声声钻心。杨树锯倒后，枝干又会被分割成几小段，装上拖拉机，然后去向不明。整个过程持续了两个星期，在这之后，剩下的树根也被郊区的农民刨走，至此，除了两排间隔分明的深坑，关于一棵三十年树龄的杨树，再也没有任何存在过的踪影。

经过多次的卖地，村里的家家户户皆成了程度不一的土财主，他们在短短的几年里确实是富了。站在马路上张望，可以看到他们日渐拔高的小楼杂乱无序地挨在一起，像是一场飓风后的林地，但在屋前屋后，同样可以看到各种垃圾也正以惊人的速度递增，有那么几户还专门干起了收废品的行当，生意红火得让人诧异，垃圾多得也让人诧异。这几年，我常听到周围居民说及土城人脏的问题，夏天与妻下楼散步的时候，如果恰巧碰见拖拉机扬起的漫天尘土，我就会恶狠狠地对妻子说道：真想拿个手榴弹把土城炸炸。妻子开始只是笑笑，听得多了，她就会如此回敬我：你干脆去生产手榴弹得了。今天，我坐在书桌前，自知自己的说法不过是意气用事，周围环境的肮脏非土城一村所能作为，面对一条昏迷的马路，也不是一个村庄就能担负起所有的责任，"匹夫无罪，怀璧其罪"！

一条昏迷的马路，横穿2001与2002的大半个年份，卧在我的窗前，彼此竟无法得以相视。

2002年菊花花会前夕，重修马路的计划终于提上日程。路修的很快，月余即完工，路上的垃圾重新被沥青覆盖，而路边的垃圾却仍然岿然不动。事后很长一段时间，如果我坐车从单位回来，告诉面的师傅走解放路的时候，马上就会接过师傅们脸上堆积起的无数怀疑，他们可能是认为我在忽悠，一条昏迷透顶的马路，怎么就这么快苏醒呢？

新修的马路建基在过去马路的尸体之上，是另一条马路，也更为宽展了，然而马路两旁却总是进行着搞不清眉目的建设。不会隔上20米，你就能碰到沙土堆、砖堆，甚至破旧汽车之类的东西蹲在路上。2003年春天，马路边的各种简易棚子、趴趴屋之类的矮房开始拆除，混乱了月余之后，郊区的人们有在原址上盖出一长溜的平房，规模仿佛比以前有所扩大，在东边的入口处，又张贴出"金明大市场"的牌子。

平房很快被租赁出去，无数新的小店在这一年开张了，而店主们也多是那些曾经在马路上流动的摊贩，没有开张的平房门口，则堆放着照旧的垃圾，这五年中，我好像从未见过有人在路上扫垃圾。家属院正前方的一排平房，属于最后一批完工的项目，在建房的过程中，人们直接把水泥、沙土、石灰倾倒在路上搅拌，另有成堆的砖块也在路面上驻守，一条新修的马路，从一开始，人们就试图让它在最近的距离观看死亡，这正是人与物的本质区别。

那条宁静的马路看来没有活转的希望了，你只能选择绝望。

前些日子，这批房子总算完工，清理现场的时候，来了辆推土机，草草地把地上堆积的杂物推到房子旁边了事，留下下面一层厚厚的黏土，紧贴住路面，每当车过，就会飞扬起无数的尘土，密度完全可以扼住一个人的呼吸，行人就是掩鼻也无济于事。正是在风和众人鼻孔的帮助下，几日之后，马路的中间才总算露出一些沥青的模样。路修好后，更多的拖拉机、三轮涌向这里，夜以继日地奔跑，废寝忘食地扬起一阵阵尘土，而关键的问题是，旧土未平，新土又会被它们运来，这样的日子，眼看没什么尽头。

即使是一三轮的泥土，到底需要多少人的鼻孔才能装下，这是我过马路时常常考虑的问题。

# 西　　瓜

四月，这个被艾略特称之为残酷的季节，在我们这里，在开封这座北方的城市，正值仲春。喜欢迷人眼的杨花柳絮已经落尽，叶子也在枝干之间挺拔开来，更重要的是，那些不期而至的春寒料峭终于被暖意所取代，厚厚的衣装可以安心地放进柜子里，生活倏忽间变得轻快起来，如果再碰上接连几天的晴朗天气，那种舒适和惬意简直就可以盖过全年。

大约在中旬的时候，从苹果园十字路口经过，就可看见朝北的路沿纵向排列着一长溜的西瓜，绿绿的颜色，青黑的花纹，立马断定乃是开封本地所产的西瓜。初上市的西瓜颜色诱人，与那些缩在鲜果行摊位上的品种截然不同。

距离开封城九公里的杏花营本来就是天下闻名的西瓜产地，种西瓜也是当地农民主要的副业，这几年随着规模种植模式的推动，周围县乡的农民也纷纷操起此类营生。这里的西瓜所得的盛名，主要靠黄河泥沙的沉积，以及充分的光照，再加上新科技的应用，所以，西瓜的品种不仅繁多，而且西瓜成熟的季节也可以被人工适当控制，从四月到九月，早中晚期的西瓜依次登场。杏花营及其周边地区的西瓜主要销往郑州和开封两地，因为距离的原因，开封更是首当其冲，如今，两者的互相依赖比历史上任何时候都要透彻。

最早上市的西瓜并没有人们设想的那么贵，明码标价，近旁木牌上写得很清楚：一元五角一斤，即使是极普通的市民也消费得起。这个季节，西瓜毕竟还是个新鲜的玩意，走亲串友，便常常成为手中的道具。

同许多人们手头消费的东西一样，我们要面对是水培育了鱼的数量，还是鱼刺激了水的胃口的问题，这个问题不怎么容易回答，我们能见到的只能是事物的逐渐庞大和疯狂堆积，而西瓜只是其中一项不为人所道的内容。还是从四月开始，如果你的贪睡不那么严重，那么，在街道、河沟、绿化带等地方，就会碰见熟悉的不能再熟悉的西瓜皮的身影，这个时候，它们还不是像雁阵那样排列，毕竟，距离消暑的季节还有一段日子，更重要的是，因为空气中尚残存若许的寒意，那些苍蝇类的虫子还不至于大规模地入侵，所以，这个时候的西瓜皮是安静的，呈现一种不那么嚣张的姿态。

而到了六月，这种安静的景况就会被撕开成一条宽阔的口子。仿佛一夜之间，有无数的拖拉机、四轮、毛驴车涌到这里，满载着丰收的西瓜和丰收的汗水，立在凡是能占据的空地之上，赶车者双眼冒出股股热流，朝向经过的男男女女。根本没什么上帝之手，但这不妨碍一场豪华的西瓜交易的登场，从司局处科乃至贩夫走卒，谁能拒绝西瓜的甜蜜呢！于是，在西瓜纷纷如流水般到来之际，另一场消费西瓜的宴席在这个城市的各个角落里同步展开。而在买卖之后，在酒足饭饱之后，可忙坏了那些正在更小的角落里展开窥伺的苍蝇们，它们不分白天黑夜，勇猛地扑向西瓜皮，占山为王的人间游戏在自然界隆重上演了，而我们只是看客。据说人的高贵就在于人的理性选择，但在六月这个季节，我们能避开充当看客的这个角色么？尽管其间是多么地令人不舒服和呕气。

至于七月和八月，这条口子没有任何弥合的景象，越来越多的餍足填进去了，人们的胃口在经历无数次西瓜汁液的浇灌之后，还是那么健旺。郊区的农民是辛勤的，只要你愿意购买，他们就会背着麻袋跟在你的身后，免费送到家里。所以，我们这里的人们在消费西瓜的时节，向来不以个为数量计，而是成批成批地量化过程。送到家里的西瓜最终是要成为西瓜皮的，它们最先的落脚地是在居民楼的垃圾道，在居留几日的过程中，会迅速变质，散发出那种特有的甜腻气味，百川归流之后，整个城市便被这令人晕厥的味道所攫取，无论是多么滂沱的大雨，或许能暂时洗去那些苍蝇的身影，但无论如何也洗不去这种味道。而在我们的视觉直接抵达的地方，尤其是在街道两旁的空地上，那些西瓜皮则不分早晚地登场了，今天的刚刚清除，明天的就会准时到来，一同到来的是还有那些黑乎乎的苍蝇。

　　这个夏天，我和瓜皮互相逼视，深入到敌对的境地。刚开始遇见它们的时候，常常是给以飞脚，如今，我已认识到这种行动的徒劳，因为我知道，无论多么灵敏的双脚，也无法将整个城市的瓜皮清除干净，而且，被我踢飞的瓜皮窜进草丛后，虽然不会再躺在路面上直接灼伤人们的眼睛，而它们的霉变和腐败一样会使草类焦灼和不安。也就是说，痛苦只会转移，而不可能减轻。

　　西瓜的方阵像迷宫一样将整个城市缠绕，尽管，其间西瓜的品种和成熟期限可以被人为地控制，但没有一只手臂能够戳穿这个方阵，禁止农民种植西瓜，或者禁止人们享受西瓜的甜蜜，无异于痴人说梦。这个方阵太庞大了，使我的拒绝显得那么微小，同样，也使我的心绪变得异常复杂起来，就像寓言所示：一位水手是那么地恐惧深蓝的大海，但他又必须在这大海上航行。

# 工　字　楼

　　我很奇怪，那些鲜艳的歌舞、桃花、酒宴，还有些未及盛满的爱情，怎么就不知不觉间模糊了呢！还有存在于每一棵树间的往事，就像空中落下的杯子，一声响动之后，所有的碎片却如此轻易地从指缝间逃逸。站在原地，只能握住了一把把的空虚和惘然。就像新落成的水流，刚一转身，却发现温柔的鱼儿都已无影。

　　一些尖锐的东西就这样无声无息地消隐了，而往事并没有因此成为空白，另一些碎屑浮游上来，一些不知名的碎屑，我们的回忆靠它为生。

　　这些天，我想起了一个叫工字楼的地方，某种冲动让我想将它讲述，我当然知道，它的许多故事都已被时间的手臂卷起，我的手中只有些许的碎片，冰冷的碎片，我不知自己的体温能否使它们苏醒。

　　从一个莫名的时间段算起，我都梦想着能拥有一间独属于自己的屋子，一间现实的屋子，能让我自由的踱步和掩藏。不过从步入初中开始，集体宿舍的生活便挥之不去，一直持续到我进入城市，持续到我大学毕业，进入新的单位。20世纪90年代的城市，像我们这样内地的城市，永远是灰暗而逼仄的，人们的许多幻想只能在窄小的角落里生根。我也毫不例外，虽然与单位的协议书上有一间房子的白纸黑字，不过我知道仅是奢想而已。

单位位于闹市区，四周可伸缩的地方已是乌有，教师的住房零星地分布在城市的四处，只有那些成家多年的教师才有机会被洒出去，散布在古老的街巷里。小小的校园里只留下一座破旧的木楼，给予像我一样新来的教工居住，这座木楼就是工字楼。和许多事物一样，楼的名称来自代代相传，小楼建于20世纪50年代，共分两层，木字结构，紧挨着南教学楼，地处校园的最南边，虽无单独的门庭，却自成一统，年久加上失修，小楼据说很早就被鉴定为危楼了，和我现在的记忆一样，看上去饱经沧桑的模样。楼前是几棵需几人方可环抱的泡桐树，还有一个公共的水池，旁边的下水道里常可见一些泡得发白的米粒，树的前方是一块小小的空地，一些破旧的杯子或者碗碟懒散地躺在右手的角落里，紧邻空地的就是一排平房，不过那已不是学校的势力范围了。平房的房顶上顶戴着一些柔软的草类，每到风来，就会重复那些失调的歌声。

工字楼每层皆有十几间房子，一间房子一般要比普通的房子大上一些，门前是一条直通的长长的走廊，一些红漆的柱子相立其间，走廊的宽度也足够一堆堆的煤球的进入。站在一楼的走廊上，除了能感受到雨雪的落下外，头部还时常会亲近一些自动剥落的木块或者飞舞而下的泥土。小楼不高，蜷伏在四周高楼的逼视中，常常是过了半个上午，才会有阳光的注入，更多时候，是一群群阴影在这里慌慌张张地散步，来来又去去，像曾经在小楼上呼吸过的人们。

以上关于小楼的细节，是从我打量它第一眼后，才开始慢慢地进入我的眼睛的，但我知道，我不可能将所有的细节完整地握住，一些历史，一些故事注定是要沉睡的，我只能借助醒着的记忆，将它们粘贴。

1996年的秋天，我的身体和思想开始蛰居于工字楼中，把欲望和骚动安置在一个现实的空间里，让我觉得有了依靠和安全的保证。小楼从西往东数，第一层楼的第四间房子，也就是104房间，是我们的新家，我们有四个人，共处一室，而其他三位同事对于我来说，在刚开始的时间里，像这间房子一样陌生。

博尔赫斯在《沙之书》中指出：人生和秘密的展开是没有什么开头和结尾的，它们隐藏在暗处，随时被人们翻过。今天，我又发现，我的叙述也在无意中被残缺翻过，我省略了重要的开头，虽然走了几步，但我必须退回原处。

第二辑

# 身边物事

# 头　发

对于大多数人而言，单位向来以在场的姿态进入人们的生活，将世界的重要影像带入身体，有些影像会慢慢发酵，有些影像则自动隐去。而另一方面，就程度来说，单位的性质和特色又决定了我们与日常细节的距离。八小时工作制，清茶与报纸，永远熟悉的面孔，闲言加碎语，构成了这个细节的根部。

不幸的是，我在这样的细节之外，并非是因为单位的不在场，而是因为坐班制的缺席，这样一来，不须晨起晚归，少了很多的辛苦，也少了很多与同事相聚的机会。只有在星期四下午政治学习的间隙，才能彼此谋上一面。谋面之际，常常也是互听彼此消息的时刻，当然还有其他内容夹杂其中，而单位的女同事在数量上与男人们鼎足而立，所以有事时是热闹，无事时也可生非，总之没有冷场的时刻。

每隔一个时期就会有一个固定的话题，这也成为惯例。最近的一段时间，头发的问题渐渐浮出水面，原因大概是头发成了搅扰生活的显性内容。据说，有多个女性朋友，迷上了烫发，尤其是职业女性，一个紧挨一个地下水，皆准备潜到水底以收获时髦的鱼类。而负离子对于男人们来说是一个来自于天外的概念，所以就只能坐在时尚的两岸，以观河中的风景。

我身边的许多女同事都以极大的热情投入到这场捕获时尚的风潮中，有几位本相熟的同事，仅几日之隔，待到再见，已是今非昔比，让人不敢相认。这阵风构成了当下江湖的全部，有头发的地方总会有故事，有故事也必然有悲喜，再后来，又听说那些蜂拥去烫发者皆背上了后悔的果子。原来是归来后多受到批评和否定，结论多落到"焦黄、变形、看上去老了几岁"之类的词语上。再后来，有些亲历者，只好去理发店翻工，而原先的一头黑发就此不在，画虎不成，只好将就了。

一个烫发者的归来，必然等待着各种眼睛的检阅，这个时候，发型的合适与美观已不再重要，重要的是有多少只眼睛的存在。眼睛的多少决定了异质性的多少，而渐渐增多的异质，将最终稀释本来还美滋滋的心理。在流行文化面前，作为一个凡人，有些时候，我们不得不邯郸学步，又不得不在落水后，自己回家拧干衣服，打着哆嗦重回火炉之旁。

改变一下形象，追求追求四美，本是人之常情。再退一步，如果生活本来就是用于浪费的，那么，即使一些常情走到了反面，也没什么，大不了一哂而已。而关键的问题是，若果虚荣心一再受挫，一些常态的东西将就此丢失，这才是坐井观天的真正由来。

记得20世纪80年代的时候，也流行过一阵烫发的热潮，偶尔翻翻老照片，一片讶然便会横过心头。即使是那个时代所产生的经典造型，今天看来，也是如此夸张，喇叭裤，烫发头，加上脸上涌起的井底之蛙的神情，复合在一起，把20世纪80年代大众文化的局限性作了一次精彩的演示。后之视今，亦犹今之视昔，这是句古话，也就是说事实是从来不会改变的，改变的只是我们的看法。

在西化大潮的影响下，我们身体的许多枝节皆成了练兵的地方，而头发又位居身体各部位之上，自然受到了特别的注意，染、吹、烫等各种技术手段应运而生，在大的手段下一些技术细节更为商家所发掘，成为支持标新立异的独门绝学。

从古至今，身体和其上的头发皆是作为语言而存在的，古与今的差别仅在于自觉的程度之异。古代是身体发肤，受之父母，不得损伤，男子明志的时候才削削头发的，而对于女子来说，青丝的了断，构成了定情的内容。当然也有留头不留发，留发不留头的极端历史时刻，但终归于政治对身体的强行侵占，非常态可言。而在复杂程度上，今天的人们对头发的摆弄则达到新的高度。走在大街上，你再也无法断言，中华大地上摆动的是人们黑色的海洋了，而是缤纷五彩。以前，一头焦黄的头发往往被视为与营养不良等同，现在的大街，黄色却成了主色调。

站在讲台上，常常为台下某位满头绿发的女生搅得心神不定，总觉得有卡通人物进入我的视觉空间，这样的时刻，一种非现实的感觉便紧紧攫取了心思，令人不安。有时走在大街上，对某些身体语言（尤其表现在头发上）特别丰富的女孩儿，少不了多看上几眼，每当此时，皆发现，她们很难与你对视上一阵，我为此而颇为疑惑，身体语言丰富的目的就是为了让别人观瞻，而为何在愿望实现的时刻又临阵脱逃，这当然是个悖论，后来我常常想，这个悖论是否恰恰隐藏了虚荣的核心内容。

头发一旦成了某种语言的构成，就必然会演绎出许多故事，AC米兰球队的大将雷东多为了保有头上的一头飘逸的秀发，宁愿放弃阿根廷国家队的位置，而永远的巴乔，脑后的一条马尾巴不仅迷倒了千千万万的女球迷，还让一些男性球迷内心羡慕不已。这是关于头发的正剧，而这些正剧是建立在身体其他部位的才能的基础上的。如果仅仅依靠头发部位的言说的话，就很容易滑向悲喜剧了。

西化也好，现代性也好，思想皆是难以摆弄的问题，都不如摆弄身体来得简单，一个晚上，甚至几分钟的时间就可以在心理上把现代的大印别在胸上，如果这样的戏总是能凑合着演下去也就不说了，不过很多时候，我们看到的却是戏演砸的场面。假如是个体的话，自然是可以宽容，但假若是一个民族是如此的结果，也就只好借用米兰·昆德拉的话来为之注脚了，他说：历史在这样的时刻总是喜欢开怀大笑的。

鲁迅先生说：愈是民族的就愈是世界的。其实不仅文化使然，身体亦是如此，对自我身体发肤的嫌弃是轻薄族性文化的开端，虽然只是个开端，但这个开端所延伸过去的却是一个布满青苔和黑暗的井壁。

# 手　帕

　　十几年来，我一直保持着在衣服口袋中装上一个手帕的习惯，以应付意想不到的遭遇，诸如一次夸张的喷嚏，或者不得已擦一次皮鞋之类的事情。习惯是个常态的东西，不存在对与错，只意味着是否符合应时的要求。

　　两三岁以前的那段时光，像我这样的乡村孩子常常是鼻涕涟涟，为此，没少挨年纪稍大的二哥的拳头，那时是最需要手帕的时候，可惜的是却没有。一个物质相当匮乏的时期，手帕虽小，但对于一个孩子依然是个奢侈品，当时的我们，只好用两只袖子作为变相的替代品，但久而久之，逐渐变色的袖子很容易成为公开的示众，一旦露了底，小小的自尊便在大人们的笑声中很快垮台，坍塌得了无踪影。如此这般，我并没有因此而反弹出什么高远的理想，穷且愈坚是大人们的把戏，我们当时还只是孩子，尚且不愿踏到深井里，只是基于困苦的自身遭遇，开始有了些小小的想法，比如说拥有一只手帕，或者尽早争取到一根牙刷之类。

　　经过层层遴选后，我才踏入初中，在家人的欢喜中，我颇有分寸地向大人道出了我所需的物品清单，手帕就是其中之一，我把它列在最后一项，妈妈听到后，稍微有些惊讶，但还是很爽快地答应了，于是，一条价值一角钱的手帕正式入驻我的口袋。从那之后，一个男孩儿隐私的园子里开始拥有了第一道墙壁。这道墙壁带给了我多少内心的踏实？即使是十几年后的今天，我也是计算不出的，就像你无法计算，一条河流到底包含多少颗水滴一样。

从第一条手帕开始，到今天为止，我也不知一共更换了多少只手帕。在使用手帕的时候，我还没有意识到要让它进入今天的文字里。能够确切记住的是一直在使用，而且，基本上我买的手帕皆是由棉布做成，其中有厚有薄，价钱以不超过两元为标准，像我现在使用的这条手帕，就比较厚一些，情势太急切的情况下，能够擦两只皮鞋。

两岁多之后，我就不再流鼻涕了，但并没有因为这个而使手帕成为摆设，像我现在，除了用它掩住鼻孔打喷嚏，偶尔擦擦皮鞋之外，还有一年两次的感冒时刻，手帕就会集中登场，清除那些无法抑制的鼻涕，还有就是承担擦汗的职责，除此之外，如果在别人家临时歇脚或者去异地，就会把它当成手巾使用。我有一个习惯，只要不是在家里，其他任何地方哪怕是洒上香水的手巾，我也是不用的，我相信我的手帕，因为在我心里，它就是我身体的一部分。

一位年轻的男人站在街边或者道旁，如果他把手伸向口袋里，在二十年前，这个动作会让你很快想到手帕，但在今天，你能够想到的也许只是手机、钱包，充其量你会想到纸巾，毕竟，在今天的现实里，一个口袋所能接受的，更多的是能够彰显身份的事物——名牌手机、钱包或者掌上电脑之类，手帕占地虽小，但不符合上述要求，因而被普遍淘汰。

这是个身体喜欢四处张贴的时代，无论口袋之内还是口袋之外的事物，人们总是喜欢快速张贴那些标志着个体特色的东西，唯恐自我被鲜艳的图景落下。这样的现实里，手帕自然成了古旧的东西。在小说中，或许你会遇到这样的情节：一位步履蹒跚的老人，从口袋里掏出手帕，轻抚红肿的眼睛。不幸的是，这样的情节在现实中成了鲜活的应用，经过那些扎成堆的老人们身边的时候，便可以目睹一只手从口袋里抽出手帕的全过程。被青年人丢弃，然后被老人们普遍拣起，这是个很有意味的隐喻，或许，一只手帕其实就是我们这个时代的一位老人。

手帕不仅退出了年轻男人的口袋，同样也退出了年轻女人们的口袋，它已经被各色纸巾所取代。无论商场宾馆、饭店酒楼，甚至电梯间内，从女性红润的唇线或白皙的额头上驰过的，皆是这些纸巾，它们的生命痕迹只拥有一道印痕，很快就会退到纸篓里，被轰隆的卡车运到遥远的郊外，被苍蝇或者过期的风翻弄。一份纸巾幸亏是没有感情的，如果具备的话，它又怎能忍受从一个相当高雅的场所迅速沦落风尘的命运！对于纸巾来说，这是一次性消费的代价，就像一个时尚的女子，以优雅的方式抽出纸巾，然后优雅地扔掉，以此制造更为优雅的气氛的时候，她根本没有意识到，其实自己正在成为垃圾的一部分，其间的区别，也仅仅是谁先谁后的落成。

# 鞋　　子

有那么一段时间，据说有一个关于幸福的比喻相当出彩，大意如下：幸福其实就是一只鞋子，只有在穿过后人们才能感受其是否合适。把不易把握边际的幸福概念与小小的鞋子捆绑在一起销售，实在是个天才的发现，就像某位因情受伤的青年，在夜半的凉台，突然说出"爱是一场风的到来"之类的话语，风马牛得让你掩卷之后，突然明白：在这里，未知被发现，但仍是未知。

若在极左时代，这样的比喻一旦刊出，全国的知识分子就会一窝蜂地挤来，伸出带火轮的小脚一阵狂踢，立马把它推到唯心主义的泥潭里，然后别上相对主义的稻草，冠之以资产阶级大毒草的命名，当作靶子而遭受标准射杀，从而步入万劫不复的场地。幸亏一个多元的时代在今天及时出现了，这个比喻才有可能奇迹般的存活，并被人们普遍地乐道。而关键的问题是，如果幸福真的能像穿鞋子那么简单的话，那么这个世界就真的透明了，谁没有穿过鞋子呢！谁没有感受过生活呢！那么，那些大哲也就无须紧皱眉头，整日价惶惶如也。

想当年，如苏格拉底这样的智者，也曾试图为美探求一个精确的定义，

"胡搞"了很多年后，也拉扯出了一些看上去漂亮有序的结果，但在最后，发现自己其实还是原地踏步，于是发出"美是难的"这样的感叹。

一个拥有无限边界的事物，对于人类将是个永远的诱惑，美是如此，幸福也是如此。同时，对幸福的探寻，也不会因为一个出彩的比喻就会停止，将幸福与鞋子拉扯到一起，仅仅是无数风花雪月中的一次兴会。在今天的现实中，鞋子依然还是鞋子，就是把它和世界上最尊贵的东西搅和到一块，它也不会被人们戴到头上。

与裤子一样，鞋子只是身体的产物，但彼此担当的功能却不一，两者的渊源也不一致。裤子可以说是人类肉体之上最早出现的身体物事，远古时代的树叶兽皮是第一批裤子，它们的出现，出自人类遮羞的需要。从这个需要出发，演绎出了各种各样的禁忌文化，并由此导出了各种伦理道德的要求，《圣经·创世纪》中的故事就是个很好的隐喻，从中可以见出，人类走向文明实质上始于遮盖在亚当和夏娃身体之上的那几片树叶。裤子是一块文明之布，所以，抛开童稚无知的时期，从穿上裤子的第一天开始，我们就必须接受与此相关的细密的伦理要求，其中非常具体，具体到个体穿/脱裤子的时间、地点、对象等，不容许丁点的马虎，若公然违反规定，也就等于自绝于人们，把自己主动排除在正常人之外，本质上却是排除在某种文化之外。相比之下，人们对待鞋子的态度就宽松了很多，不穿裤子，那叫惊世骇俗，不穿鞋子，顶多算是偶然的例外。由此，我们可以看出，鞋子与身体之间并非是一种必然的联系，而是一种若即若离的关系。

从渊源上讲，鞋子的出现大大落后于裤子，裤子与文明有关，鞋子则与制度有关。我不敢断言，最早的鞋子出现在何时，考证这个事情是历史家的工作，我的事情只有胡思乱想，根据我的猜测，它应该是私有制出现后的产物。这个时期，一些人依据身体其他部位的能力，逐渐积累了足够的财富，使他们的足迹不必停留于自然馈赠丰富的山间，而转移到开阔的平原上来，造出坚固美观的房子定居，后来又造出巍峨的城堡，伴随着人为设计的自我身份的提高，他们成为第一批的特权阶层，身份显耀了，身体的很多部位当然也要跟着升天，曾经粗糙的脚部渐渐细嫩，即使是平地上的砾石，也开始感觉到了硌脚的疼痛，于是，鞋子的历史便应运而生。正是从这个意义上，一个富于讽刺意味的结果出场了，鞋子本来是用于行走的，但鞋子的出现恰恰却是人类行走功能严重退化的结果。想想远古的人们，他们那结着厚厚茧子的脚掌跳跃在怪石嶙峋的山间，敏捷而灵动，穿过尖尖的石头，搜寻各种猎物，步伐该有多么矫健。

愈到后来，鞋子也做得越来越漂亮，类别、式样、质地等皆发生了天翻地覆的变化，在中国的某段非常时期，还演化出了三寸金莲的分支，成为人们赏玩的道具。这是鞋子向文化的最具媚态的屈膝，而最后的结果却是毁人害己。当然，在那个时候，鞋子发展出如此高社会性的、制度性的、反人性的含量，实在使人们的身体始料不及。

从古至今，皆有鞋子并不用来穿的时候，菲律宾的一个独裁者下台之后，人们从其夫人处发现了收藏的两千只鞋子，个别鞋子上缀满华丽的宝石，很显然，其中多数鞋子并不是用来穿的。余华小说《活着》中也有一段关于鞋子的情节，福贵的儿子上学后，母亲亲手为他缝制了一双布鞋，但在上学路上他一直不舍得穿上，总是把鞋子背在背上，到了家门口时方才穿上。这个光鲜的世界就是这样，同类的现象后面拖着两极的原因，似乎能够说明，有一条共同的道路供人们行走，左边是天堂，而右边就是地狱。

鞋子作为依附于身体的实物，一旦脱离了身体，就会发展出两个端点的结尾，一种是遮盖身体的所有部位，成为唯一的生辉，博物馆里躺着的鞋子和艺术家笔下的鞋子就归属此类，像凡·高笔下的农鞋，似乎掩藏了人性的许多秘密。另一种结果，则是成为废品，被别人收购，分解然后毁灭。它们在尘世的命运，悄无声息地接近了那些主人的一生经历，可惜的是，这样的瞬间总是缺少及时的提示。

穿着布鞋的时候，我们想那些皮鞋，穿着皮鞋的时候，我们又开始想那些名牌鞋子，这都是有脚的情况下，没有脚的情况下，人们只想那些抽象的鞋子，就像这个故事里说的那样：我整天闷闷不乐，是因为我少了一双鞋子，直到我在街上看见一个人没有了双脚。

# 茶　杯

　　直到上了大学，我才算第一次独立拥有了自己的茶杯，这是件意味深长的事，使喝水这般具有私人性的事情从内容到形式真正实现了统一。形式的独立在当时带来了一系列的后果，至于意义，时至后来才有可能分清，就像今天，将身体深深浅浅陷入沙发中的我，无意间掠过茶几上端坐的我的茶杯，许多日常现实就会哗啦一声汇聚起来，构成一条绵延的河流，记忆与时间，恰恰就在其间翻卷。

　　而在独立性未展开之前，我从未想到一只茶杯，会携带多少个人生活的事件。我当然有过大量使用茶杯的经历，包括充当茶杯使用过的水缸里的水瓢，包括家里的公共杯子，包括别人家的杯子，但仅仅是实现了几何上的相切或者相交，完整的圆圈并没有出现过。在那个时候，杯子里的水是我想要的，至于杯子本身，则视而不见。

　　有了自己的杯子之后，身体与外在事物之间便多了一层中介，这样的中介很多，像牙刷、手巾、手帕、衣服等，隐秘地散布在个人的周围，构成一个人存在的充分根据，它们是没有什么味道的，只是在样式上千差万别，最终的指向却是分殊世界。也就是说，像茶杯这些距离我们肉体如此之近的中介，实际上也最容易被我们忽略，人们的身体总是喜欢那些距离遥远的东西。在这些中介身上，人们耗完了自己的一次性兴趣后，便了无他愿，就像男人们将女人娶回家门后，要是再出门，就会狠劲地翻唱那首颇具有潜台词意义的歌曲《路边的野花你不要采》，这首要命的歌曲到底擦亮了多少男人的内心，一定是个惊人的秘密。

见异思迁是人的本性，一次性的兴趣之后，面对茶杯或者其他，将是漫长的乏味，所以茶杯之类随身物事的破碎，并非一定是件坏事，"旧的不去，新的不来"，这已经成了根深的情结。在新旧转换面前，其实人们并不在乎新的东西是否及时来到，而是在乎在旧的破碎面前，是否会升起新的兴趣，只有新的兴趣的出现，才能够将涣散的神情暂时集中起来，才能够重新调动我们进入世界的愿望。当然，现实中杯子并没有因为这个情结而时时被我们故意打碎，这里面又出现另外一个原因决定了我们的如何面对，这个原因就是：时间。清理现场、购买与挑选、清洗与摆放，皆是需要时间的。假设一下，如果每天都要去买一个茶杯，这会令人多么难以忍受。所以，人们宁愿将打碎杯子这样隐隐的渴望噎住，也不愿去浪费自己有限的时间。主次分明，是身体的必然要求，要等到意外的出现，人们才会将那些隐蔽的愿望小心地托举出来。另有些社会的原因比如金钱，也会在人们是否要打碎杯子的意识里登场，一年买一只杯子，绝大多数人都可以承受，若是每天都要买一只杯子，很多人就会饿肚子了。

与其他随身物事相比，杯子也许是最脆弱的，随时都有可能从我们身边退场，破碎或者丢失都属于不可预测的事情。我们的身体也喜欢它的这种不可预测性，能够给我们带来偶然的变化，带来突然的一击。就像黑格尔讲述过的一个例子：一位小男孩儿站在平静的一方水塘面前，愤愤于水面的静止，非要扔下一块石头激起一轮轮水波不可。正是因为杯子的存在，或者说正是因为杯子的破碎，身体与日常现实之间，形成了一个有趣的隐喻。实现这样的意外有很多的可能性，掀翻面前的桌子，地震，或者敲碎杯子当作利刃，等等。

商店橱窗里摆放的各种茶杯，或整齐或杂乱的拥挤在一起，因为没有个人身体的参与，它们是沉默的杯子。一旦进入我们的身体周围，虽然还是静静地立着，但这个时候，它已经学会了开口，向另外的人们诉说着主人的品位和个性，它才会成为一只真正的杯子。真正的杯子诞生于购买，但其本身却无法选择时间和对象，就像人的诞生，什么都不可以选择。

跟随主人的杯子，在开始的时候，会激起人们短暂的兴致，之后，则是大量的沙漠地带，只有等到最后的破碎，才会再次引起波澜。以死亡作为抗争，不仅有些人是如此，杯子也可能如此。

一只现实的杯子，不仅会装下无数次倾倒下来的茶水，还会装下某些特殊的记忆，成为那些迅速流逝的事件尚未完全消失的证据，而杯子，则是事件中的主语。曾经跟随我六年的那只杯子就是如此，这是一只非常普通的瓷杯，外层镂刻着一个红色的娃娃，也是迄今为止跟随我最久的一只茶杯。当初，这只杯子并非我购买而得，而是在毕业那年，同室好友送给我的物品之一，从开始的集体宿舍，到后来自己拥有一套房子生活，这期间共经历了六年的时间，一直平安无事，但在结婚半年后与妻子的一次吵架中，它的命运却被改变了。吵过架后，我笑嘻嘻的样子愈发激起了妻的不平，她站在阳台上，威胁我要把那只杯子从六楼扔下去，而后来她果真扔下去了。第二天，我还在想着那只杯子，下楼的时候，于是到楼前的草地上看看它的样子，在草丛里找到它的时候发现它竟然没有破碎，只是杯口上留下一道小小的豁口，我立刻把它捡起带回家里，那几天，家里那只用于刷牙的玻璃杯刚好被滚烫的开水烫裂，于是，这只带有豁口的我的茶杯就成了替代品。虽然不用来喝水了，但它还是静静地守候在我身边。后来，每当有朋友来，我向他们吹嘘我和妻如何相亲且从未吵过架的时候，若是妻子在场，她就会拿出这只杯子，笑嘻嘻地把我的谎言拆穿。

碎了的杯子并不一定是锋利的，有时，它或许让我们感觉到温暖。

# 背　包

　　背包在古代，由清一色布料构成，不过，那个时候，并非叫作背包，而是名之为褡裢，而且，基本上为男人专用，其中主要原因在于，江湖上，你根本看不见女人的走动。深闺或浅闺中的女子，多以荷包或香囊为期许，银子和干粮由男人们供应，她们费不上缝制一个大包裹，劳心使力。比如林小姐，若是扛个大布袋进贾府的话，贾母见之不泪流成河才怪。那个时候，男人们背的褡裢，大概没什么两样，大英雄林冲的背包，与那些贩夫走卒所背的，也许皆是由蓝印花布做成。固然如此，个人所背的方式又有所不同，而标识着身份等级之区别恰恰在此，英雄是用枪挑着，携银子较多的商贾却缠在腰间，而走卒们则搭在肩上，以便于随时取下歇息。

　　到了今天，背包的方式早已实现了简化，用棍棒或枪挑着的方式太帅气，一般人不敢帅得太出格，所以，这种方式渐渐淘汰；至于缠在腰间的方式，也因背包的质地与功能发生了根本性的转化而成为文物的方式；也只有搭的方式还在继续存活，并不断更新，逐渐又发展出背与挎两种方式。方式固然简化了，但其中的区别却依旧，比如说女子，年青靓丽的姑娘们一律将小包背在身后，由两根带子固定，交叉在双肩上，看上去，好像有一只憨厚的四脚螃蟹正趴在背上休息。至于年龄稍长的女子，则很自觉地换成挎包的方式，当然，也有一些专意在风情的人氏例外。有关男人们的背包方式，似乎多了些复杂，唯一可以确认的是，高中生活尚未结束的少年求学时代，基本上以挎为主，"小嘛小儿郎，背着书包上学堂"，严格说来，是挎着书包上学堂。我还记得在我的小学时代，还不大明白背包的含义，只懂得把书包叫挎包，谁知道物转星移，十几年后，挎包的说法很快成了老土。如今，背已经成了时新的形式，我们学校的大学生，包括像我这样的年轻教师，都是这一形式的热心投入者，而有些男人，却能够反时尚而动，从而成为另外的流行，像我的一位五十几岁的同事，早已经是教授了，但还是骑着二八巨型自行车，斜挎着背包在校园里溜达，与那些小学二年级的学生背包的方式没什么两样。所以，以年龄的差别去区分背包的方式，多少有些徒劳。

背包的普遍发生，首先要归功于平民教育的施及，大量的书包成为背包的初成品。渐渐地，又成为出门旅行的必备物品，在一个相当长的时间内，背包皆以实用性为旨归，与古代的褡裢所承担的功能正向延续。这个过程，大概要从20世纪初算起，几乎用掉了上百年的光阴，有关很早以前的背包，实物或图片，因时光的混沌而渐渐模糊，我所能见到的，也只有20世纪后20年的图景，那些没有亲历的事情，使我的讲述接近附会，这是个颇无奈的事情。

至于背包的流行，还要从妇女解放说起，近百年的现代性转换，使中国具有独立性的女子越来越多，正是由于她们，发展出了背包的时尚性品格，当然，这也是西化所结出的一个小小结果，欧洲早在宫廷时代，背包就已成为女人的饰物，就文化交流来说，生活方式中的细节成分最容易成为模仿的对象。民国时期的上海，作为东方第一大都会，女人们的背包完全可以和时尚之都巴黎的女郎所挎之包相媲美，但随着政治体制的变化，这一女性专有的时尚性内容很快遭到覆顶之灾。新中国建立之后，背包又回复到实用性品格上来，服务于外出和旅行，虽然在20世纪六七十年代，结出了全民倾慕军用挎包的奇花异果，但那毕竟是非常时期，极端化政治强暴的结果，这样的狂热有违生活的常态，因此到了新时期，军用挎包很快绝迹，如今，也只有个别的行为艺术家把它拿出来观瞻，变成别有用心的魔方。

　　20世纪80年代以来，一个逐渐世俗化的时代越发生根，时尚性的背包从平地里四下钻出，与实用性的背包并驾齐驱。背包的质地也越发多样了，有用布料做的，也有用各种皮革做成的，甚至还有用各种假皮革做成的，而新的技术手段，比如纳米技术，也加入制作背包的过程，其间的价格差距也因质地的不同而大大增加。至于背包的式样，这十几年间，更是一换一番天地，随便进一个背包商店，你就会眼花。

　　今天，在大街上，发现一个不背包的女孩子，简直比逮一头狮子还难，即使是在课堂上，我多次发现，某些女生还是不舍得将背上背包取下，"物我为一"到这个地步，不由让人慨叹。当然，这也是在一个较小的细节上突出的物对人的征服。

　　其实，让我惊异的还不是女性对背包的趋之若鹜，这是女子热爱饰物的天性使然，而是最近几年，男人们对背包的情有独钟。提包弃之不用，代之以各类背包，尤其是在学校或科研单位，甚至一些行政单位的男人们，普遍背起了能遮盖半个身子的背包，长长的带子来回起伏着。在大街上行走，成为有文化的表征，像我以前的老师，也是现在的同事，基本上皆由过去的提包换成了今天的背包，他们往往是人到哪里，背包就会到哪里，我经常会在卫生间的小门上发现各类的背包，这是一场显而易见的风暴，没有人知道它会在什么地方结束。

而古代的褡裢，在今天尚没有完全绝迹，时代的任何分支里，在今天都在发散着混合的气息，背包也不例外。小时候，我常见到背着这种褡裢的要饭花子，两个布袋一前一后搭在肩上，里面装着他们讨来的稻米，不过，这几年乡村里的要饭花子是否也把褡裢换成背包，我没有什么把握；另外背着这种褡裢的就是和尚了，但也不是所有的和尚，有几次在街上行走，看见这里大相国寺的几个和尚就背着这种褡裢，让人新奇不已。

背包的实用性和时尚性在今天似乎不言而喻，在今天，背包愈加凸现的，还是其表征功能。有一次在某站牌下等公交车的到来，其间漫长，我与一个陌生的小女孩儿攀谈了起来，上车后又坐了前后位，直到最后一块下车，始终在有一搭没一搭地说着闲话。后来分别的时候我问她"为什么要和陌生人说话，这可是大人们禁止的"，她如此回答我："叔叔背着包呢，一看就知道不是坏人。"原来如此，我只知道我的包是用来装备课本和茶杯的，居然还有如此之副作用，令我意料不及。怪不得，这个社会，在上班族、下岗族、吸毒族、工作狂族等族之外，还有个背包一族的存在了。

# 照　　相

　　六岁或者七岁，也就是1979年或1980年，生平中突然涌入照相这样的事情。在那一年，我留下了最初也是最早的一张黑白照片，这个称得上特别的瞬间如今不再清晰，闪入同样模糊的记忆。有几次站在它的面前，我会突然升起确证的愿望，可惜那些逝去的时间完全凝结，即使是加入别人的转述，也撬不开丝毫的缝隙。

　　一张嵌入玻璃的黑白照片，深入过去，代表静态的时间片断。相片中的我，双手垂立，嘴巴紧撇，脸部线条坚定而紧张，腕上戴着从父亲处央求而来的手表，站在坐立的父亲和母亲之间，身后是大哥、二哥以及姐姐。他们的表情看上去柔和自然许多，唯有我，被生平遭遇的第一个照相机勾画得严肃而骄傲。这是一张全家最早的合影照，也是唯一的一张，被摆在相框的中央，周围环绕的是1984年或者1987年的时间片断，不过它们都与我无关。

　　是的，如果我在相框前立的稍久一些，我的眼光一定会聚焦于手腕上所戴的那块父亲的手表，1979或者1980这样的年份，一块手表在一个偏远村庄的存在，必定意味着多重的含义，何况它还是上海牌。我猜测，在照相发生之前，我肯定早早地就从父亲那里获得了讯息，快乐于是像泉水般流溢出来，却又不知往哪个方向奔跑，我的生活，也彻头彻尾地被等待的焦灼所烛照。在那几天里，除了从有限的衣服里做出出场设计之外，很可能我又设计了头发和鞋子的样式，但终归于了了，全部行头加在一起也就那么几件，而且多是从哥哥们的淘汰品中捡拾而来。这一切令我懊丧不已，父亲的手表也许就在此时电光石火般登场了，获取这件贵重的物什，成为令我心跳不止的目标。

事后证明，我的目标并没有落空，那张最早的黑白照片铁证如山。我看见了照片中的自己，一只袖子全部垂下，另一只袖子的下方，出于露出手表的需要而被卷起。虽然其间隔了二十几年的光阴，而一旦重逢，与手表有关的那段往事立刻便通体透亮。

我的第二张照片来得特别晚，大概又过了八九年的时间才得以发生。至于升初中那年报名表上是否需要张贴照片这样重大的事情，我实在是了了，或许是没有罢，毕竟，那是一个连身份证都还没有的淳朴年代，不需要像现在这样，口袋里时时需要装上十几张照片，以应付程序内各种各样的胁迫。

整个初中年代，照相依然是个奢侈品，更重要的是，我开始意识到自己的相貌与颜如美玉根本沾不了边，这一点，对于照相的愿望是个毁灭性的打击。小街上那个刚开张不久的照柜馆，于我而言是个挑起难堪的地方，我也悄悄把它内设为禁区。尽管如此，初三那年我还是留下了一张黑白照，也是一张合影照。在这张照片里，两位同班同学替换了家人的位置，他们和我皆是双手束立，站在穿过小镇的那条小河的对岸，身后是一片青黑的竹林，背景暗淡异常，或许是摄于黄昏之故，以至于彼此的表情瞅过去奄忽而不定，明显的部分是三条高低悬殊的黑白线条拥挤在二寸大小的方圆内，很显然，那条最低的线条代表着我的过去。在我的记忆里，那时的我身高尚不及同龄的女孩儿，因此，初中的大部分光阴，总是被老师安排在第一排就座，与不同的女生搭配，这一点特权，是否会激起那些早熟的男生的羡忌，我不得而知。

　　这第二张照片如今被我压在抽屉的底端，它的篇幅实在太小了，一旦进入相册里的薄膜，就会颠三倒四，不得已我把它抽出来，扔在难察的角落。至于相片中的两位同学，自从他们上了师范后，便相见日稀，只是听说其中一位毕业后当上了小学教师，后来又主动申请调到乡计生办，经常骑着摩托在乡里的黄土路上扬威；而另一位毕业后则去了别的乡镇，做了一名中学老师，利用业余时间开了个百货店，以及多生育了个儿子。

　　上了高中和大学，照相的次数也逐渐多了起来，包括单人照也开始登场，不过我从中发现，自从第一张照片的偶然闪光，在此之后的照片里，再也找不到那种舒展开来的快乐，就像那纯真的神话，仅仅在最初的源头照耀。甚至最近才挂上墙壁的结婚照，也难逃常态，这张生平中篇幅最大的照片，现在挂在我家客厅最显耀的地方，旁边是洁白的墙壁的映衬，里面是一片盛开的花丛以及两个装模样的可人儿。这其中有一个就是我，脸上的笑容不是很少，而是很多，成块成块地被挤出来，堆放在肌肉之上。这当然不能怪我勉强，若责怪起来的话，只能责怨照相经验太少，由经验的多少才能导出相片中人物表情的自然绽放程度，这样的事情最好不要揣度下去，要不然，尼采的"重估一切价值"又该粉墨登场了。

　　如今想来，结婚前的那段时间，自己其实就是个牵线木偶，甭说照片这般不情愿的小事最后还要上船，就是让你替马戏团的笨狗熊钻圈圈，你也要一拥而上，而且争先恐后的表情也需从一而终。正是基于此种情况，围绕结婚前后所拍摄的照片，如平地一声春雷，凭空炸出一座小山，我独有的一份影集不仅早早被填满，朋友相赠的两个也没能例外，最后还是剩下一捆照片无家可归，被我用皮筋扎起，扔在柜子的深处。后来若是有客人来访，妻子也总是喜欢翻弄出这些照片相示，尤其那些没有及时参加我们俩婚礼的朋友，将一个个静止的时间片断串联起来，就构成了初现端倪的事件，以补缺席之憾。每当妻让我去取照片，坐在沙发上的我常常会万般无奈，在我心里，若是天天早起为她做早饭，那是自然，但若是专意取出那些过去的照片，岂非是自己为自己端出了尴尬，虽然没有重新端出伤口那么严重，但终归于不愉快。我承认这是个误区，在到达而立之年后还未能将其抹掉，越来越像个错误，我必须坦白。

有了女儿之后，我因此长舒了一口气，家中的照相机一旦派上了用场，娇小的女儿自然成了主角，至于我，也就有理由跳出照相机的视线，单独来到阳台上，端上一杯清茶，将窗外的天光云淡一一抚遍。

我乡下的老父亲现在还戴着他那块上海牌手表，而我的手腕上，依旧空空如也，自打第一次照相之后，历次的照相中，我再也没有动过戴手表的念头，当然，我双臂上的袖子也因此规规矩矩，但见雷池，不见逾越。

# 理　　发

　　节日或者仪式，因为众多内在要求的汇聚，变得庄重而端正。这些内在要求若从心而发，在无痕的时间之线上则难以打出易于辨认的绳结，它只有从实物出发才能结出普世的果实。而物态化的东西一旦因袭长传，便成了我们习以为常的约定俗成。

　　在节日的逼视下，事物实用的目的渐渐抽空，归于婉转起伏的程序，而理发，仅仅是其中一项显为人知的内容。其实，理发被牵涉进节日或者仪式的机会并不多，就拿节日来说，一年中不疼不痒的节日可谓多矣，也只有在过年的时候才需要理发相应地配合一下。这个程序无关头发的长短且又必须履行，我们中原地区称之为年头。至于仪式方面，迄今为止，我也就发现两种情况：一是孩子满月的时候；一是在结婚的前夕。这个发现是在我自己有了孩子，而且带着孩子去理完满月头后方被确定，若不然，我的发现只能停留在一种层面。虽然我们都有过剃满月头的经历，可那些细节早就被流逝的岁月深深卷起，而关键的问题是，理发这个物事实在微乎其微，很难取得资格进入人们的谈资。

　　年头、洗澡、新衣服等，从来都是过年的一部分，暗含着新年新气象的朴素寓意。即使是再苦再穷，像我小时候，这些程序对于众多的孩子来说，皆是不可或缺的程序。在过年这道大工序里，年头往往要排在前面，皆因为剃头毕竟不是件乐事，且不说坐在椅子上不许动弹，像个笼子一般将快活的心生生拖住，还有推子在头皮上来来回回造成的奇痒无比，最让人不快的还是锋利的剃刀在清理发梗时滑出的痛感。因此，若非大人们的威逼利诱，那时，我和另外的孩子们肯定成为逃之夭夭者。新衣服则意味着通体幸福的巅峰时刻，处于简单经济学原理被安排在最后，这样的结果，令小时的我无可奈何。

在我的记忆里，七岁以前好像是父亲拎着我们弟兄仨去理发店，七岁以后则是大哥拎着我和二哥，到了十岁，我则是主动前往。看来对既定传统的"投降"，于孩子而言实在非常简单。

一个人一生中会理过多少次头发，这是个可以忽略的秘密，也许只有一年一度的年头依稀可见。不过，回首剃年头的个人历史又不难发现，与其他的理发相比，年头往往最是粗糙不堪。平日小街上的理发店门可罗雀，但在接近年关的时候，模样就会变得希罕起来，麻雀们也换成了密密麻麻的孩子们。等待理发的人们实在太多，理发师傅也失却了平日的悠闲与涣散，往往是这样，用清水染湿孩子们蓬乱的头发，拿起剪子便在头上三下五除二地游荡一翻，然后再用推子将边边角角的发丝清理，整个程序下来，也就是三五分钟的工夫，一个年头顺理成章地完成了。那时，我们就是顶着这样简易的年头来往于乡村亲戚之间，固然有着参差不齐的外观，却为大人们的开心提供了可观的材料。而朝着他们的取笑，我们向来是不在意的，反正年头就是交差，年头后面的东西，才是我们在意的内容。

粗糙的年头是忙乱的现实向严谨的节日所做的一次有趣背离，这个结果是我多年之后总结出来的果实，这个果实与那时无关，也与记忆无关。

回想起来，迄今为止表现最为隆重的一次理发，就是结婚那天早晨所理的头发了。首先是抛却了平日理发的随机性，而是一早就勘察好了地形，事后想来，这种预约理发的方式还是让人发笑；其次是一大早爬起来就赶往理发店，开了清早理发的个人历史的先例；再次是所费金额的昂贵，好像为此花了十元钱，十元钱虽是个小数目，但三元钱以上的理发方式就超出了我的想象之外。至于理发程序的繁复，更是不在话下。花十块钱尚不心疼，起个大早也不嫌辛苦，让人不能忍受的是自己的身体部件被面前的这个小伙子如此长期地摆来弄去，这一点，可是超出了我的心理期待，所以当他问我是否再上点发丝时，我立刻起身，落荒而逃。

幸亏人的一生中结婚的次数也就那么一次，若是太多，不说其他程序的烦琐，单是理发就让人不敢回忆。

女儿满月前夕，妻子郑重告知我要带她去医院理满月头，虽然私心里我总是期望女儿的秀发尽快飘逸出来，但既然是个稳固的约定，我也只好点头称许。去医院后，我将女儿抱在双膝之间，一个小护士走过来，拿着剃须刀在女儿的小脑袋上划拉几下后，一个青光青光的小头乍现于我的眼前，这是我平生遇见的最快的一次理发过程。幸好女儿当时没有发出哭声，理完发，护士将她抱到洗澡台上，立刻哭声一片。那一天，理满月头的孩子非常多，在洗澡台上就有十几个青光青光的脑袋，我循着声音找了好大一会，才认出女儿的行踪。刚刚满月的婴儿理完发后摆放在一起，几乎没什么分别，这是理发所呈现出的最神奇的魅力，这个魅力神光一现，就此了无踪影。

那些现实的理发，像过去的春天一样，注定是要渐渐泯灭的，而别样的理发，却因节日或仪式的存在，缓缓在记忆的河流里凝固，历久弥新。

# 门

朝夕相处的事物常令我们熟视无睹，门就是其中之一。

我不是考证家，但我想门的历史也一定会源远流长。据说早在一万二千年前，在今天伊朗高原生活的人们就率先进入定居生活状态。无论那时的居所多么简易，总少不了门的存在。作为进出口，这是门的一个先天功能，也合乎上古时期的常情，这是敞开的门所承担的功能，而一旦闭合，那个时期的门当然不是为了阻挡同类，而是为了防御风寒或者野兽。也就是说，这个时候的门在执行主人的选择时，动机是非常单纯的。

进入私有制之后，和其他许多简单的事物一样，门也被人们赋予的文化所不断改变，从质地、用料到形式、色彩，都愈加考究起来，渐渐成了识别身份和社会分化的象征。朱门与酒肉，高门与大户想当然地结合起来，让素民见了不觉弱了气势，自惭形秽了几分。同时，一旦豪门禁闭，就在很大程度上隔离了与外间多向度地联系，高门之内，寻常人难得以见，所造成的神秘感自然维护了高高在上的权威，但若是政治机构，腐败也应运而生，如若是世家大户，生活腐败亦不可避免，其根本原因就在于，投向那双"看不见的手"的正义目光被最大限度地遮蔽，想来古代中国，威福、子女与玉帛耗费了多少处于密室中人的心智！读明史中记载宫廷斗争的章节，常令人不寒而栗，而张艺谋执导的《大红灯笼高高挂》，所展示的压抑阴郁，则是认识另一种生活情形的窗口。但这一切皆在高门之内郁积着，门的厚实是不会让其轻易泻出的，贾府的焦大在激愤之下说了一句真话，结果被大粪糊口。若想得见些许真相，须等到一切都被砸烂之时才有可能。

高门在过去是常闭着的，为的是使人们不能自由出入，高低贵贱早已规定了行为的可能，别说是进去，就是随便看上一眼，也会遭到呵斥，这还是轻者，重者则要受刑罚之苦。家丑不可外扬，门就是最有力的屏障，于是门理所当然地吸引了人们的各种才智。世族大户为了维护门的尊严，常会招致一批闲人，养之以护守，所谓狗仗人势便由此而来，中国的护院文化也够"辉煌"的。也有常开的门的存在，比如衙门，但又是有理没钱别进来。与之相反，素民之门就低贱许多，权势者可以随时破门而入，柳宗元的《捕蛇者说》，杜甫的《石壕吏》等，就是明证，叫嚣乎东西，把人贱门亦贱的事实表述得多么形象！

我一直很奇怪，高门所暗示的神秘感居然会给文人们带来无穷无尽的罗曼史题材，他们窥视的天分再一次在此得到超水平发挥，悄悄重门闭式的闺思，门前冷落鞍马稀的伤感，试问卷帘人式的低语，还有公子落难后花园，小姐游园恰碰见的老套等，不一而足。安排公子从后门而入，表现了文人对正门的敬畏，对正门的敬畏就是对权势的敬畏，在骨气上先弱了三分，鲁迅先生说古代文人的没骨气，从这些老套故事中可见一斑。而小姐则要花容月貌，要是遇见如黑炭般的李逵式先生，就只好戛然而止了，由此，文人对高门深处自作多情式的意淫，是司马昭之心，路人皆知；至于剧的结尾之处公子的被接纳，则代表着文人们心理上的终极投靠。满腹诗书如若不用于识别真伪，而是用于臆想，见到透墙之红杏后，自然首先想到满园春色，落叶满地的枯涩就会全然看不到了。

封建时代，门的极致是一种叫作牌坊的东西，据说在正风气方面成就很大，花花绿绿，雕梁画栋，被树立在重要的路口，美丽端正到极处，但也肮脏到汲处，因为，几乎每一个牌坊的地下，都依着冤屈的灵魂。

另一方面，关于门的古代故事并不都是让人感到错位的，大禹三过家门而不入的勤苦，门就和某种特别的人格襟袍联系在一起，审美方面，关于门的故事同样有令人荡气回肠的结构，王之献造门不前的飘逸，还有屈原东望楚城门的忧郁的眼神等皆如是。就是在宋词中，也有敲门人不应，依杖听江声的沉静从容，以及依门回首，却把青梅嗅的清纯烂漫。但将门的故事演绎成一次大手笔的就当数阮籍了。

有一天，散漫任性的他居然向皇上提出，要下放到山东为地方官，当朝天子当然很纳闷，但对其请求还是未设关卡，由其去也。而这位七贤中人，去山东为政地方，绝非因中央权力的人事斗争，或者是出于对权力的彻底厌倦，而是因为，他从朋友处听到一条重要的消息，即治所之下，有一人善酿美酒，信奉尽兴则达的阮籍哪能放过如此机会，于是轻装上路，直达山东，然后径直往美酒坊而去。以后，沉醉不知归路就成了这位名士的常态，只有偶尔清醒的时刻，才去府衙办公，然而，大诗人毕竟不是省油的灯，虽然平日无为，但还是有有为的时刻，而有为的内容就是打通了府衙各个办公人员之间的门户，互相敞开，使其再无幽闭的内容，至于效果如何，还是借用史书所载：吏治由冗繁而一改为大清。这是阮籍在山东任上唯一做出的行政动作，针对门设置，却化腐朽为神奇。所以，从这个意义上说，知子莫若父，知门者，莫若阮籍矣！

# 洗　　澡

　　新锐导演张扬的电影《洗澡》与杨绛的小说《洗澡》所要表现的主题皆在洗澡之外，在他们那里，洗澡仅仅是个切入点，或者说洗澡只是个代称，就像其人之品与其人之名的差异一样，中间横流着难以计算的距离。他们的成功说明了这样的道理，从任何日常事务出发，皆可抵达那深刻的恒久。不过在这条路上，怎样抵达和用什么样的方式去抵达，构成了评判高下的尺码，也正是众生区别之所在。

　　而我要说的洗澡却仅仅是洗澡本身，这一极具个人性的生活经验，其覆盖面不会超过一棵树洒下的阴凉。

　　在我进入城市之前，洗澡有两层含义，一种是在家里端起澡盆清洗身体，这种方式是正宗的洗澡情形，因为没有澡堂，所以洗澡只能被限制在自己家里，在此种方式中，身体的上下部分有着严格的等级区分，上身要用洗脸盆和洗脸手巾，它们的职能顶多是延伸到腰部，腰部以下，则是洗脚盆和洗脚手巾的登场。如果错用了手巾和盆，那是令人寝食难安的事情，特别是大人们，尤其要小心谨慎，以免为此而蒙羞。这种等级区分里充斥着吓人的道德气味，下半身因而被因袭而来的文化规定长期窒息。来到城市后，明白了单纯的人的身体其实是个整体，所谓的分割，所谓的赋予下半身脏的含义是多么地言过其实，我们的身体不管上下实际上都是清洁的，即使是汗出多了，或者不幸沾上了泥土，也可以及时清洗，保持洁净，更何况来自大地之上的泥土并非一定会比我们的肉体肮脏，于是再回过头去想如前那般洗澡的抽象含义，不免暗自喟叹一番。从这个时候开始，我也就不奇怪为什么城里人洗澡只用一条毛巾，包括我自己洗澡的习惯也从此应和他们的习惯，至于早先准备的脚手巾，也就真正降低到洗脚的事务上。

洗澡的另一层含义则是小伙伴们结伴去池塘里嬉戏，当然，这种事情是要瞒着大人们偷着乐的事情。家乡附近，每年都会有因这样洗澡而淹死人的故事，所以，在大人们看来，如此洗澡，利害攸关。参与这样的洗澡可谓其乐无穷，淹死人也好，大人的禁令也好，皆可以抛之云端，赤着小身子钻进池塘里，往往是先游上几圈，然后开始打泥巴仗，只打到头昏眼花为止。如此洗澡，最后的结果是小身体上沾满了水锈，若再被太阳毒射一番，全身愈发变得乌黑。那几年，村庄附近的男孩子几乎都可以用小黑蛋统一命名。

上大学之后，进澡堂里洗澡的历史才算正式拉开帷幕，说来惭愧，第一次进澡堂的时候，我确实有点头晕，那些晃来晃去的同性的裸体多得让我无法忍受，因为超过了潜藏着的道德底线，让人如此刻骨铭心，不是一道亮光，亦非乌云压城，即使是现在的语言也无法抵达那种感觉的实体，可怕，难堪，羞辱，混合在一起，一股脑儿地压迫过来，将我彻底摧垮，一个南方的乡下人来到北方的澡堂，要多别扭就有多别扭。那年我十九岁，别人在十九岁的时候连入室抢劫都大模大样，而十九岁的我进澡堂后却无地自容。后来，我穿着秋裤在澡堂里洗了第一次澡，回去后被室友作为笑话到处张贴，并一直持续到前几年的再聚会的餐桌上。这不是时间的错误，而是空间的错位。

不过我很快战胜了自己，从第二次开始，我就学会了融入他们，我应该感谢那些相熟和不相熟的共同洗澡的人，正是他们，教会了我洗澡的程序，技术和方式，甚至时间的长短，也取自他们。

大学四年一直在一个固定的澡堂洗澡，工作后才开始变换澡堂，去的多了，才发现澡堂里居然有那么多名头的服务，搓背、修脚、剪头、喝茶等，许多是我前所未闻的，这是因为大学时的那个澡堂没有这方面的服务，洗澡就是洗澡。一个澡堂无法缩影中国，但却可以缩影人们的极爱享受，各种花样进入澡堂，这可以称作创造，也可以称作浪费。

随着时间的流转，日常生活不经意间就将各种故事注射进我们的体内，形成经验，在这里，靡烂与奢华，高尚与浮薄，光泽与阴郁共存。而澡堂只是故事之一种，北方城市的一些老人，喜欢在澡堂里泡完澡后砌上一壶暖茶，然后消磨一个上午或下午，这样的故事里，我也曾是亲临者，不过听到我们单位的一些人士聚集到澡堂里打上一个上午或下午的扑克后，我却有点吃惊，后来又听说他们将小菜掂到澡堂里喝酒，更令我意外，至于澡堂里还发生见不得人的色情服务，则是意外之后见多不怪。看来现今的洗澡愈发不像洗澡了，不再成为一个单纯的事件，而变成一个紧贴生活的道具。

我从未去过高级的澡堂，那些有着包间的澡堂，到底高级在哪里呢？恐怕不是水质的原因，也非装修的豪华，而是情色的高低了。关于澡堂而发生的意外，于我而言实在是太多了，就是听到布什和拉登在澡堂里称兄道弟，我也不想再为此耗费自己的惊讶。

成家之后，一年中的多数时间，我都会在自己家里洗澡，除非太阳能热水管在寒冬被冻住，我才会跑到不远处的澡堂里，花上三元钱，痛痛快快地洗次澡。不过直到现在为止，我还是不喜人多时的澡堂，而是选择人少僻静的时间段，这样就可以一个人短暂占有一个大大的池子，闭上眼睛，仰靠在台子边沿，在氤氲的雾气中，清凉的水滴间或从天花板上没头没脑地散落，个别水滴偶然抵达我的脸庞，带来一个清凉透顶的世界。去年冬天，第一次去澡堂洗澡的时候，发现那里又多了一间小屋样的东西，里面水汽飘摇，不知为何物，回来后询问妻子，方知是桑拿的地方，添了这个新花样，于是妻总是怂恿我去尝试一番，但到了现在，我还是不愿涉足，就像这十年间，我从不让别人为我搓背修脚一样，这是我在错误的环境里形成的一个稳固的习惯。

据说有这么一个谚语，大意是只有在澡堂里，人们彼此赤条条相对的时候，众生才会显现少有的平等样貌。我不想就此分析这谚语中包含多少常人的无奈，问题的关键是，在今天的现实里，那些自以为尊贵的人氏谁还愿意莅临我们常去的澡堂里？他们是不会给予我们机会，以共同的脱衣完成众生的自我安慰。

洗澡是人的肉体的一次彻底袒示，在这一相当世俗的行为里，洗澡仅仅针对身体本身，从中很难抽象出另外的精神含义，这是因为，身体脏了，我们可以去澡堂，而灵魂一旦染脏，世间无论多么高等的水质，也无法将其洗涤，就像影片《大话西游》里那句台词：日常的灯芯没了，可以去买，而如来佛的那盏灯芯没了，到哪里去买啊！

# 挤　火　车

　　一个人与一个地方的厮守终生，毕竟是别样的姿态，异地而居或者去异地，则成为我们共生的属性和可能。川流的时间，变动不安的内心，迫使着单薄的肉体紧随而行。

　　业已记不清第一次离开坠地时所处的村庄的具体时间，这些都已模糊，想去重梳似乎不大可能。应该是在很小很小的时候，小到还没学会走路，小到还是大人的玩具、累赘、幸福的时候，骑在他们的肩上，就开始去异地旅行。在不停袭来的慵困的间隙，偶尔会睁开眼睛，聚光于近处的草丛、树木、房屋、河流，也许那些事物并没有进入记忆，也没有激起兴奋，但这并不重要，重要的是终于踏上了旅程。

　　亘古的河流是不会停止的，我们的旅程也是如此，除非我们永远地睡去了。接下来的任何发生，我们都必须承受。

　　在真正的长途旅行到来之前，像我这样的乡村少年，使用的工具极其简单，主要依靠的是瘦瘦的脚板，再复杂和高级一点，则是自行车。有赖于此类工具，我完成了对异地的最初的勘探：散布于四乡八邻的亲戚所在的村庄，更远一些的学校，还有我们小小的县城。它们自然分布在我的旅程中，并得到不断重复和循环，像血液一般围绕着我的生活。

十九岁以前，我的旅程是自足的，所踏入的空间地域不过方圆百里，往往是这样，从村庄出发，重复着同样的河流、山川以及矮矮的谷地。但在十九岁以后，随着大学录取通知书的到来，有关另一种旅程的风暴悄悄拉开了帷幕，去更遥远的异地乍现在眼前。

1992年，我独自踏上这一新鲜而又漫长的旅程。说是漫长，其实有点夸张，大学所在的城市位于家乡的北部，相距也只有千里。当时能够选择的交通工具除了公共汽车外，只有火车了，听别人说，坐汽车的毛病很多，主要就是慢，需要十个小时，而且，本县还没有直通车，权衡之下，还是坐火车经济实惠。而即使是坐火车，我还须先搭乘汽车，经过四个小时的路程后再去换乘，其中的辛苦，直到后来的后来才有所体会。

在我们家乡，每当说到坐火车的时候，皆会使用"挤火车"这个词语，如果你使用了"坐"这个词，很多人都会匪夷所思。开始的时候，我也不大明白其中微妙的含义，等到后来经验的积累增多，才最终明白"挤"的完整寓意。像我这样去异地求学的乡村少年，像他们那些以农民身份去异地打工的庞大一族，或者以普通旅客身份去外地的人们，几乎都要依靠"挤"才能攀爬到其实早已从贵族身份阵营中退却下来的火车车厢内。

求学，求学过程中的返乡，以及工作之后与故地的来去相往，这一切的一切，都和坚硬的火车车厢紧贴在一起，十几年下来，挤过的火车虽然有数，但其中的经验却是无数，每一次都有所不同，它们叠加在一起，成为胸中的块垒。

毫不夸张地说，直到现在为止，我还从未使用过火车的卧铺车厢，即使在今天，条件已经大大改善的今天，它在我的现实中依然是遥远的天堂，有几次公派外地出差，虽然有这样的机会，但还是被我主动放弃了。整整四年的求学期间，"卧铺"的概念始终没有在我的脑海中展开，直到我工作之后，才第一次实现与这个词的遭遇，才触摸到火车这一熟悉事物身体之上延展出的另一种陌生，我有点莫名，也有点刺痛。

第一次见到火车这一钢铁大物是在信阳车站，时间是1992年的9月，当时的感觉茫然异常，只是随着巨大的人流涌入站台，听着由远而近的尖锐的汽笛、咔嗒作响的铁轨，然后就是它呼啸而来的身影。一个少年在钢铁长龙面前的手足无措，这是个极佳的艺术构思，但在现实中，它却一闪而过，像是蜻蜓的翅膀扇起的一波水纹。而怎样挤上去的记忆早已模糊，只有那些锋利的声音还残存在意识里。虽然是第一次与其见面，我想到的很少，欣赏到的则更少，在争先恐后的人群中，我所想的和所做的，唯有怎样挤上去这一问题。

我始终不知道，一个人需要花费多长时间，才能将无知的岁月走过。对于我来说，整个四年，都被无知所散发出的特有的味道覆盖，其中的痴狂，又使这种岁月有了更大的曲折。四年中，当我在火车上，在狭窄的过道或者两节车厢的拼接地带，在各种身体味道混合而成的空气里，我所注意的只有我的同学们，还有那些陌生的妙龄女子，我的想象和车厢内人们的普遍表情一样，是逼仄的，到达不了更远的地方。所以说，我虽然挤了四年的火车，但我还是不能够认识它，其中包括不知道卧铺的存在。

四年中间，在我们的旅程中，能够选择的只有两趟火车，分别是青岛—武昌、徐州—武汉的双向来回，横跨陇海线与京广线，皆是普快，草绿色的车皮，挂着一长列的普通车厢。一般而言，上车的过程都附带着大汗淋漓，更多时候是被后面的疯狂人群间接地推上车门，偶尔也会和其他同伴一道从车窗里钻进去，等到刚刚站定，便能闻见火车又一次的汽笛声。许多次我都以为自己根本上不了车，而结果总是鬼使神差，像是希区柯克侦探小说的结尾，所有的惊魂都将尘埃落定。于是，在无端的庆幸中开始寻找落脚点，除了座椅下方，四年的经历覆盖了车厢所能站立的一切地方。

迈过了那个四年之后，如今的我依然去挤火车，但也开始慢慢地认识火车，认识到一列火车正是底层中国的深刻缩影。从候车室的入口开始，那些奔跑的身影，慌乱的神色，挈妇将雏的紧闭的双手，一一在我的眼前展开，这样的旅程注定是一场阔大的逃难，几乎所有的标识都被人们抛下，各式各样的本性在入口到站台的短短路途上，在站台上人群的围聚里，在窄小的车厢门下，遍地绽开，求生的本能在本不关键的地方，大规模地运用了。姑娘们在爬车窗的时候，并不在乎她们的裙子是否高高卷起；先登上车门的小伙子则站在入口处大声叫着同伴的名字，伸出长手去接他们递过来的包裹，而下面人群的叫骂声如潮水般起伏，一个人离去了，另一个人接着占据紧要路口，重复同样的戏剧；某个不大的孩子开始啼哭，但很快被淹没；小偷则乘机在人群中出没，这要等到上车之后丢失钱包之人的惊呼后才得以证实；至于列车员，无可奈何地抱着双手立在远处，神情淡漠，他们最有可能成为理解底层中国的一群，但事实上这样的机会皆被他们放过了，他们的目光高不过车皮。挤火车的间隙，上午或者下午，这一段的时间发生着崩溃，不远处的风和阳光，以及遥远的天空成为彻底的虚构。当这短暂的一段成为过去，车厢内则是另外世界的构成，一些暂时去掉的颜色重新恢复的各自的身体之上，女人开始成为女人，男人开始成为男人，民工，学生，工人，布尔乔亚，这些身份也开始回归。慌张终于结束，迎来混合的可能。在不同的车站，一些陌生的人下去了，另一群陌生的人填补上来，而他们的经历，则成为观看的内容，夹杂着复杂的滋味，人们很快恢复了平静。而对于车厢来说，形式虽有些变更，却不影响照旧的内容。

和十九岁以前一样，十九岁以后的旅程以及旅程中的故事不断地重复，这些经验生长在我的哀愁中，帮助我认识和了解外在的世界，它是我生命中的水分，虽然不够纯净，却依然能够滋养我的精神。

# 原　　色

　　"卖大米呦"，隔着空旷的一段距离，楼上的我仍能够清晰地听到如此的叫卖声。

　　如果是晴好的天气，在家属院门口，在门前马路上，或者在这个城市的深处，总能够见到三三两两的农民，骑着一辆三轮车，驮着大米、时令蔬菜、花生油等沿街逡巡。他们中有的是佝偻着身子的老者，有的是面孔红黑的中年妇女，偶尔还会碰到一位十几岁的少年，独倚在三轮车旁，生疏地举着秤盘，目光拘谨得不敢翻越身前三寸之地，他们并不是流动的摊贩，而是正经的郊区农民，利用农闲时分，间或进入城市，将家种产品的清香播撒在城市千家万户的锅碗盘子上，濯洗倍经大棚蔬菜折磨的城市人的胃口。更重要的是，他们也不是郊区的菜农，郊区的菜农只和农贸市场打交道，根本没必要加入零售的大军，判断出这一点，只需看一眼他们所驮蔬菜的形状：矮小、丑陋、囫囵，古怪的样子让人忍俊不禁。

　　不可否认，蔬菜市场上摆在固定摊位上的蔬菜种类愈发漂亮、愈发整齐划一了，若是再洒上些清水，更见出肥大和水灵。洗尽根须和泥土的胡萝卜若堆放在一起，简直像是一个模板刻出；而成捆的上海青则如同一排穿着绿军装可以等量齐观的士兵；至于西红柿、辣椒、豆角等等，也大多具备了同胞兄弟的颜容。这是以复制为品格的后工业社会的招纳，蔬菜只是百般风情中的一种。

"饮食男女，人之所大欲存焉"，尤其是饮食二字，怎是一句话可以括之。虽然不易说清楚，我们却又要天天面对，在我老家，一位高中同学自打学会厨师技艺后便在北京谋生，春节回家小聚，据其妻子宣称，从他归来之后，从未亲自下厨捉刀，做饭之事，仍是一女人家担当，当时听了，我对此事尚存犹疑，今天想来，倒也顺乎其然，据此推测，愈是高明的厨师，其苦恼恐怕多在做饭方面。

不仅日复一日的做饭让人烦恼，买菜之事亦是如此，贵贱倒在其次，称心与否才是关键。在日子这块永远那么大小的肥皂上，人们不可能抠出太多的泡沫用在买菜之上，做饭亦属同理。像电视厨艺节目里做一个煎豆腐就要花去半个小时的时间，这对常人来说，无异笑柄，即使是在生活节奏蹒跚的都市，比如开封，这个我已经生活了十年的城市，一周下来，买菜做饭归属于凑合的还是不少。

凑合的场合且不去说它，单说精心侍弄的时候，将市场上买来的漂亮蔬菜洗净，放在锅里耐心烹调，然后喜滋滋地端到餐桌之上与家人共享，而一旦填到嘴里，满心的欢喜立刻坠入虚空，这些看上去精致的蔬菜解决了肠胃的温饱，却将食的欲望减到比坠落还低的地方，从口腔开始，平庸贯彻始终，于是，"食"成了必然的工序，而不再是满心欢喜的等待。"食"的欲望在不断稀释，城市人的胃口变得越来越纤细，碗碟愈来愈小，吃面条也开始以几根作为计量，索然之后是寡味，那些粗粝的东西成了怀旧的主要内容。"老刘老刘，食量大如牛"，当年进大观园后的刘姥姥，专意向城里人端出的讥笑调料，现在却真正成了城里人的梦里山河。

吃了几年的大棚蔬菜，也买了几年的大棚蔬菜，我对这些肥大漂亮的蔬菜几乎到了不可忍的地步，就像多年之后，穿过收藏尘世男女的长河，才发现那些显露在影视媒体上的俊男靓女，其色相其实从来都在凡庸之中。常常是这样，从南到北横贯菜市场的全部，几番思量后，还是双手空空，实在不知买什么为好，最后只好以草草了事作为收场。

一日三餐，菜总是要买的，尤其是蔬菜，须臾不可离。丧失了对菜市场的信任后，我把目光转移到独来独往的郊区农民所蹬的三轮车上。他们的来去没什么规律，幸亏自己还算有闲，若在楼上听到叫卖声，就会暗藏惊喜踏下楼来。彼此的交易相当快捷，其间几乎无话，只有几枚硬币在离开我的手掌之前，才发出几声尖叫，我和他以及几个西红柿之间，皆在履行那认真的沉默。几年下来，这些行踪飘忽的农民，我没能熟悉其中的任何一个，但对于他们卖出的时令蔬菜以及农副产品，我却极为放心，看到青菜身上尚附着的泥土和根须，看到大米中尚混有为数不少的砂石，你就会知道，他们所带来的东西，发生在城市日益精致的包围圈之外。

那些租赁摊位卖菜的人们大多也是农民身份，但他们却是固定在城市里的农民，他们的身份以及他们所贩卖的农副产品在进入城市后，逐渐走了味道，肉类可以注水，蔬菜可以短斤少两，大米也可以掺油，他们和乡村的手工作坊以及恢弘的超市一道，将食品安全逼上绝路。

无公害蔬菜在技术时代必然登场了，除了价格令人咂舌外，那种绿油油的样子，同样令人惊讶，就像端详一位脸白的美人，若是白到没有白色的地步，那就不再是颜色的问题，用一句俗话讲，就是"白卡卡地吓人"。况且，人们看到的永远都是成品，有关生长、摘取、加工的任何一个细节，皆无从可知，也没有人告诉你真相，真相仅仅在事后一闪而过。当然，是否无公害蔬菜，并非是由购买者所决定，只会由标语牌所显示，这使信任，始终漂浮在湍急的河流之上，谁也没办法抓住。

　　还是那些不定期穿梭于门口的农民，真正的农民，使我有机会品尝到带有泥腥味的蔬菜，有机会让自己的牙齿与石头发生撞击，就像小时候吃米饭那般，一旦嚼到一小块石头，只听嘎嘣一声，赶紧窜下饭桌，噗的一声吐出口中的饭粒，然后再从地上找出那块作恶的小石头，狠命地摔到门口，并且愤愤难平。

第三辑

身边人事

# 胖　　胡

院里的人们，不分男女老幼都叫他胖胡。大人们如此叫他也就罢了，即使是孩子们隔着距离遥遥地喊叫，他也从不气恼，顶多回过头去吆喝一声，以此当作小小的介意。

一个五十岁左右的男人，顶着诙谐的外号在世间行走，胖胡既不是第一个，亦非最后一名，我想这一点或许是他心宽的原因。胖胡之名，不仅仅是来之于他姓胡的缘由，恐怕起根本作用的还是其体态过胖的结果。我不知道年轻时胖胡的模样，但从我来到这个学校并认识他的那天算起，胖胡基本保持了一致的模样，无论时间多么锋利，然而并没有在他的身体之上切割出什么，就像一位年事甚高的老人，八十岁和九十岁的差别在哪里，我们几乎无从知晓。这几年来，胖胡的腰围始终保持着单位之冠，具体指数我了解不多，若从外观视之，应该是在三尺五之上，穿衣服较多的季节尚不显山露水，一旦到了夏天，就会原形毕露，前凸的肚皮明晃晃的一片，分外扎眼。而且，这个时候的胖胡尤喜敞开衣服，腆出的肚皮直接突围出腰外，常让我想起居留开封时的苏轼，下朝回家后，喜欢露出肚皮在后院乘凉，一边轻摇蒲扇，一边和仆役们调笑大方。可惜的是我们的胖胡缺乏苏轼那样的演绎才能，从肚皮到语言，皆是直挺挺的。

　　过粗的腰围也改变了胖胡行走的姿态，下半身的轻灵和上半身的笨拙，扭结在一起，很容易让人想起南极的企鹅。现实中的胖胡比之企鹅当然快捷灵便许多，我在这里用企鹅作为比喻，多少有些不敬，当然，在胖胡的心目中，或许我的行走姿态也是另外的动物的模样，大家的目光中，皆有比拟的成分，也算是互相扯平。

　　还是在夏天，没有了外部事物的遮拦，可以细细地打量胖胡的腰部，于是能够发现他那特殊的腰带——一条用粗布做成的布条，在肚子的正前方打成一个粗放的绳结。这种打法估计和古代孔武有力的豪杰们系腰带的方法接近，不由得让人想起这样的话语：男人的豪放尽在腰带的系法中。而关键的问题是，现在的男人，基本上取消了系布腰带的历史，改用了简便的皮带，而系皮腰带是没有多少花样的，正是从这个意义上，胖胡和他的腰带的特殊性展露出来。这个特殊性在每年的夏天直截吸取我们的目光，却又从不释放，就像那遥远的黑洞。我们就此常问他关与布带的问题，据其称，也曾用过很多皮带，但后来要么是因为短，要么是因为崩裂，不得已才改成了现在这般模样。也是在这个时节，因为肚子的缘故，胖胡的裤子特别喜欢滑落，所以，又可以常看到胖胡不断提裤子的场面。后来我们都见惯不惊，和他说话的时候，皆懒得看他把裤子提上提下。

　　胖胡在我们学校做了很多年的锅炉工，其历史比我现在的年龄还要长。和我们这个大杂烩学校的许多老师一样，他也是从异地的乡下来到这座城市，三口之家，孩子正在上初中，而他的爱人一直没有工作，根据我的猜测，估计是其从老家带过来的，因为在我的身边，收藏着许多这样的例子，新的家属院落成后，她曾经在这里做过几年的门房。那几年，胖胡也没有多少事情，经常替换爱人到门口的小屋值班。正是我们与胖胡的相见最频繁的几年，无论冬夏，胖胡在小屋里总是喜欢支摊招呼院里的闲人打麻将，白天是那些老头老婆们，双休日和节假日则是院里的老师们。胖胡本身是个很谨慎的人，其节俭程度在院里举目皆知，比如说他家的用水量一直保持家属院最低的水平，一个月也就是一吨左右，而当时单身的我，连洗衣机都没有，一个月也要用上八吨。据说在用水方面，他是有窍门的，这个窍门就是将水龙头关到很小，仅仅让它能够滴出水滴，水下来后不能成线，这样的话，水表就不会动了，一个晚上下来就能够接满一桶水，几乎可以满足第二天的使用。所以说虽然他也喜欢玩麻将，但却是要选择对象的，一般来说，他总是要和那帮退休后衣食无忧却年事甚高的老人们一起玩，结果当然是输少赢多，胖胡虽然只有小学的文化程度，但简单的博弈理论还是了如指掌。当然，这也是不得已的高明。逢到节假日，老师们若是在小屋里玩的话，胖胡一般在旁观战，除非是三缺一的场面，他才会推推让让地含羞坐上，打了几圈后，如果小赢一点的话，而且又来了观战者，他就会立刻让出主坐，又退到副手的位置上去，如果是输的不多，也是如此，但要是输了很多，那就会雷打不动了。更多的场合里，他基本是看客，这样一来，他就可以悠然地从桌上别人的烟盒里抽出一根，怡然自得地点上。那几年，门口的小屋总是很热闹的，人声不断，一桌麻将经常会有七八人的观战，观众不仅数量庞大，而且有那么几个老看客特喜欢咋呼，而胖胡却常常是静默的，所以，人们有时会主动给他让烟，以赢取其满脸憨厚的笑容。

说到抽烟，胖胡的嗜好在院里又是一最，这一最体现在数量上，据其说每天要抽上三四包烟。当然，胖胡抽的烟，其牌子我们都很陌生，陌生的缘故是因为太便宜。一天三四包的数量，也足以说明他的烟瘾的大小，有一次大清早起来，在门口正碰上胖胡在扫地，可能是早上他兜里没烟的缘故，看到地上有长一点的烟头，他抓起来就塞到嘴里，后来，我从口袋里掏出一根递给他。胖胡的工资水平其实是不低的，一月有一千以上，和我们当老师的差不多，而我们这座城市平均的工资水平也就是每月五百。月工资一千以上的胖胡却会俯下身子去地上捡拾别人吸过的烟头，后来在课堂上曾以此为例向学生讲述这样的主题：生活如此不易，如同塞尚的名言"生活真令人可畏"。

在我的经历中，我仅仅抽过胖胡烟盒里的一根香烟，那是一个夏日的深夜，我们四个人打扑克牌打到很晚的地步，打到只剩下胖胡一人观战，打到我们兜里的香烟全部吸完。那天的胖胡特别兴奋，主动提出要喝酒，于是，他跑到远处买了两瓶很便宜的酒，另外有几双筷子和一包花生豆，对着酒瓶盖做成的杯子，彼此你一口我一口的喝下来，半个小时后两瓶酒就见底了，酒到了高处，我们都想起了抽烟，结果发现兜里皆空空如也，于是只好掏出胖胡的香烟，每人一根抽上起来。如此场合，看到胖胡口袋里烟盒模样的场合，实在是少之又少。酒喝完了，我们都没有尽兴，后来我又跑到楼上，掂了两瓶酒，拿了两包烟下来，大家对着凉凉的夜色，直到喝干，方晕晕乎乎地回家睡觉。上楼的时候，我还打了几个冷战，这让我明白这样的道理：即使是夏日，深夜的风依然是彻骨的，风的力量要远远高于季节，高于我们的表情，甚至想象。

就是这一次的喝酒，使我喝酒的经历中又多了一次难忘，虽然彼此只是熟人，并非坐而论道的朋友，但喝酒的时候仅谈谈彼此喝酒方面的感兴也就够了，不必兼有其他的内容，酒的引力场中，是不存在雅俗的。

我所知道的胖胡的故事多发生在夏天，夏天确实是个好时节，该袒露的地方会彻底地袒露，袒露完之后是接踵而至的郁闷，语言和身体皆是如此。夏天也是一年中家属院最热闹的时节，放假后的老师们多处于无事状态，到门口纳凉是多数人的选择，胖胡往往是早到者，每每下得楼来，就会看见其正端坐在小板凳上，一来一回地抽着烟。不过这个时候的胖胡很少说话，大家胡侃八聊的间隙里，他也是寡言的，在锅炉房工作的他和这里的老师们之间毕竟有些别样的东西在横亘着。就像彼此口中噙着的烟卷一样，越是便宜的烟卷越是需要自己去购买，而噙着名贵香烟的院里的个别人员恐怕很少购买过香烟，胖胡当然明白这一点，他的最深的世界不需要向我们袒示。要说整个夜晚胖胡皆是如此，也不尽然，例外会随着那个连我们也不熟的女人的出现而显现。

那几年，也就是胖胡常在门口值班的几年，有一个在我们院租房子的女人经常在夜晚12点以后出现，我想她应该是个神秘的女子，因为在白天，我从未见过她，但在夜晚12点以后，只要守在门口，那个打扮得有点妖艳的女人就会准时出现，高跟鞋的踢踏声是那么地准确。次数多了，就会发现每次送她回来的男人不尽相同，我一直不知这个女人的职业身份，只是从装扮上看过去有点像《小二黑结婚》中小芹的亲娘，那位四十来岁的女人一摇一摆地回来了，距离还算遥远，但一脸的粉芡仍然可以扑面，每每这个时候，胖胡一定会从口中蹦出如此话语："看她刚被男人搞过的样子，腿岔得那么大。"胖胡激进的姿态会立刻惊起许多老师们的注意力，有人打趣胖胡道："是不是你也想搞啊？"这个时候的胖胡就会有些不好意思，"又老又丑的老女人，谁愿意搞啊？"他说道，然后从兜里冷静地摸出一根烟卷噙上。

夏日的夜晚，那个女人每晚上都会在固定的时刻出现，连隔三岔五的现实都没有，而胖胡的忧愤必然接着发生，一次又一次，让你想到这样的一个词语：纠葛。其实他和她之间没有任何关系，他们之间的纠葛或许是因为一些人性的秘密。

从去年开始，家政公司的人员代替了胖胡爱人的位置，打那时起，就很少见到胖胡了，随之而来的是，那个神秘的女人也跟着消失了，这些必然的现实里，藏着些永远打不开的谜团。偶尔会在门口遇见胖胡，见到他坐在小凳子上静默地抽烟，沉默彻底回归到一个男人的肩膀上，就像那些数不清的沙子，最终沉进忧郁的河床。

# 秀　　莲

　　世界对于我们，向来采取浪花的方式，逐层包围，你可以转过身去，朝向另外的涟漪，但你却无法避开拍打。这个如潮水样的过程，从来就是突兀的，就像一些人事的到来，会准确地切入你的脉搏，在你的血液里跳动。当然，也会有相当多的片段，迅速地退潮，被我们永远遗忘在身后。

　　秀莲是一位我不得不记住的同事，为此，我并没有深想其中的理由，因为"人类一思考，上帝就发笑"。从我到这所大学开始，秀莲的一些故事就忽远忽近地粘贴在我的身前身后，像龚自珍眼中的西山，有时藐然隔云汉外，有时苍然坠几席前。

　　细细想起，秀莲的外在表征有什么特别的地方么？回答起来确实很难，一个四十几岁的女人，既没有什么高挑的身材，也没有什么满口的白牙；既非罗圈腿，也从不会走什么模特步；平常是骑着自行车上下班，身上的着装也是稀松，穿任何衣服都不会让人刮目，而样式既不新潮，也不落后，像老舍先生笔下的老张；或许头发有些稍许的弯曲，却又是三番几次烫过的结果，和自然的风致根本搭不上边；至于眼睛、鼻子、嘴巴之类的小配件，也是那种长在谁身上皆可的类型。

刚开始的两年，我对秀莲相当陌生，原因有二，一是彼此分属不同的院系，皆不在学校的行政部门工作；二是所住的地方相隔甚远，我的业余生活，全被我们那群单身青年包围，一个已婚女人的身影，无论如何也挤不进我们的视线。也许彼此曾经在校园的小径上狭路相逢，但又该如何呢？出了校门口，我可以很奢侈地相逢很多人，而结果还是陌路。

　　1998年，学校西区家属院落成了，我和秀莲同时成为其中的一员，我住在最高层，而她，却享受着一楼的幸福生活。说来奇怪，楼层也许意味不了等级的高低，却绝对意味着朋友的不同，那个时候，我的朋友们几乎清一色地居住在高处，每一天，不喘一次大气，那是不可能的。西区这个院子并不大，住着一百户左右的人家，时间一久，想不认识其中的某个人都是难以想象的，何况，我们的秀莲还有着相当的人气。

　　有同事说过，在这个老城里，我们单位的人可是最清闲的了。对于此观点，若仅限个人，还有点绝对，若波及整体，却是完全可以成立的。读秦地贾平凹的散文，你就可知道，一座老城，聚集的闲人何其多也。本来，这座城市的闲人就如泥沙，再增加我们单位的许多同事，也就是个添油加醋的事件。而秀莲之清闲，无疑是分外扎眼的，以至于我们都有些羡慕她的位置，她是在化学系的实验室工作，也就是一位实验员的身份，平常是不需要坐班的。那个时候，每周大约有四天的时间我可以自由留守在家里，而在那四天里，我几乎天天见到秀莲晃悠的身影，另外的三天，我在学校的院子里，和她的会面，连偶然的层面都难以达到。每每说到清闲二字，秀莲颇有些得意，不过得意之后，又会渗进一些不满，一是不满自己的津贴太少，一年只有七千，不到正教授的一半；一是不满自己的位置，若是能做到系主任该有多好。以上并非秀莲的原话，而是我整理后的结果，原话要比我的表述丰满得多，刺激得多。我无法做到原声原貌，皆是因为自己在人文学科混了太多年，中夫子之毒太深，不知不觉就学会了他删诗的那套本领。当然，秀莲也会有特别上心的时候，比如有一年，正赶上她评职称，逢人便问最近发没发过文章，若有的话，能否给她的大名也挂上，估计是别人皆没有给她这个人情，所以据她的宣言，她也躲在实验室里勤奋了几天，接连写了几篇论文。至于她是怎么鼓捣出来，又是如何发表的，内情我就一无所知了。

和秀莲渐渐熟悉起来后，就发现她在家属院特别活跃，而在学校里，除了和工会的几个老师走得很近之外，和别的女同事，尤其是行政楼上的那班娘们儿之间，仿佛立着一堵墙。我们学校的女人，从未婚到已婚者，一向是比较活跃的，而且，她们也善于三五成群，各立山头，可在每一个山头上，她们都不让秀莲落草，对此，秀莲似乎不是很介意，反正，她有自己的势力范围。况且，她这个人也特别乐观，隔着很远的距离，就能够听见她在亮着嗓子说话，甭说是伤情，在秀莲的脸上，你甚至连微蹙都难以捕捉到。

如果轻易地为秀莲下一个结论，说她对学校的任何事务都漠不关心的话，这就大大地冤枉了她。每次学校组织的活动中，如果不是为男性专有的话，秀莲的热情就会空前高涨，尤其是三八节工会所组织的活动，毫无疑问，她每次都是其中的最投入者。比如说有一年学校搞了个跳绳比赛，秀莲就为此提前了一个月的时间，在家属院里跳来跳去，钟爱的麻将生意也暂时搁浅，最后总算拿了个名次，多发了几袋洗衣粉。为此，秀莲兴奋的时间之久，收获的快乐之多，像我等这样世俗的眼睛是难以穿透的。

正常的生活状态下，秀莲终究还是清闲一族。搬到西区不久，她就开始养了条哈巴狗，并起名为花花，因为住在一楼，出行方便，因此，一天下来，遛狗的次数比我上下楼的次数还要多，养了两年之后，花花已经肥得难以走路。秀莲又开始了其他的营生，比如说打网球，据说是为了锻炼身体，那一阶段，每天一大早，她就抱着一个网球拍出院，到南边不远处的金明广场打球，广场上可是没有什么网球场地，于是，她就在网球上拴上一根长长的丝线，一只手拿着线头，一只手挥着球拍，在一片空地上，打过去，又牵回来，就这样完成了朝朝夕夕的网球运动。

和老城的许多居民一样，秀莲的最爱还是在麻将上面。在玩麻将方面，秀莲具备一条他人难以企及的优点，那就是随和，秀莲的牌友广布家属院，男女老少皆宜，而且在资费方面，也从不讲究，地点从墙角、地下室、自家等也没有什么限制。平日，秀莲玩麻将最多的地方还是在门口卖烟酒的小店里，而到了暑假，地点就多变了，同事们普遍地清闲下来，牌场很多，这一阵，往往是秀莲最忙活，最快乐的时光。据说，每次散摊算账的时候，秀莲相当认真，哪怕是为了找出五角的零钱，也不惜跑到门口，将整钱换开，你就是把小气直接喷到她脸上，她也照样是嘻嘻以笑。

有关秀莲发生在牌摊上的故事不胜枚举，不过最经典的却是如下一桩。有年暑假，我们几个正在门口闲聊，一个同事从院里也来到门口，跟我们说他们的牌摊刚散去，并掩口葫芦而笑，我们问他笑什么，他讲到，刚才三个大老爷们和秀莲玩麻将的时候，秀莲由于一直在输，恰好碰到一次她的牌终于赢了，而且是暗杠带自扣，于是将牌呼啦推掉，大叫："爽啊，爽得让人全身冒汗！"这句充溢着性暗示，而且特别性感的话语立刻也把我们逗的捧腹。

本来，人们尤其是男人们在和秀莲说话的时候向来是直言乱语，在那个夏天，几个粗声粗气的家伙在听说这个故事后，就更加嚣张了，每每见到秀莲就会问她，"今天，爽到冒汗没有？"这样不怀好意的话语当然招来秀莲用蒲扇的敲打，不过，看不出她有什么特别的气恼，也许是习惯了，也许是别的什么原因。

秀莲的爱人在基层派出所工作，在家的时间很少，有一个儿子正上高中，也不常在家，另外还有一个老母亲住在南关，每过一段时间，她就会把母亲接来，一是可以为他们家做做饭，另外也可以常常陪着她玩玩麻将，不过，按她的话说，主要是陪老太太玩玩。但到底是谁陪谁玩，那就是庄子"子非鱼，子非我"式的问题了。

# 杯茶淡语朋友共

高考阅卷期间，同学孟庆澍某天传达了张口头小纸条，问我是否愿意参加一次沙龙活动，"主讲是大胡子耿占春先生"，他特意强调道。

晚饭毕，骑车直奔地点。来的人还真不少，有本科生、硕士生、几位青年教师，另外，还有几位社会人士列座。耿先生主要讲了两个问题，一是问题意识的匮乏，二是个体内省经验的生成。其间偶尔穿插话题讨论，不过形制较小，如秋后攀爬的南瓜藤。两个小时的时光就这样轻松地溜过指缝，孟同学和我皆意犹未尽。

六月底，期末考试前的某一天，邀请耿占春先生来家小坐。耿先生是著名诗人、学者，也是国内首屈一指的诗论家，然而衣着朴素，上身是黑色圆领短袖T恤，或许是穿着次数过多之故，看上去如同工装，炯炯有神的双眼之下是瘦削的面庞，和一副稍显凌乱却不乏劲道的长须。下身着休闲牛仔，脚上穿的则是一双休闲运动鞋。他从不沾烟酒，喜素食，尤其是尚带泥腥味的蔬菜，特别钟情之。除读书写作外，生活中最大的嗜好就是饮茶了，是绿茶，不喜饮之的人谓之"寡"，喜饮之的人谓之沁人心脾的苦，在此方面，我和耿先生有同好。

简单的午餐后，送耿先生下楼，问其是否有讲沙龙延续的意愿。"由我出面安排，时间、地点届时通知，由你来做主讲人，行吗？"我问道。

"可以啊，但下次要讲些什么呢？"耿先生不假思索地答应道。

"不限于纯粹理论，文学、社会、文化热点问题都可以，随着性子谈。"我接过话题答道。

"好，你到时间给我打电话，我这段不会外出"，耿先生的爽快让我如释重负。

过后没几天，带着女儿去龙亭湖东岸考察地点。最近和妻子说道沙龙的筹划，七岁的闺女从旁也闻见了颇多信息，坐在电动车后座上，她问我："爸爸，你和大胡子爷爷跑到茶馆里干什么啊？也不带我和妈妈！""我和他们就是说说话，喝喝茶，然后爸爸就好写文章，爸爸中午要安排他们吃饭，所以就不带你和妈妈了。"

"哼，什么啦！"估计后座上的女儿噘起了小嘴。

龙亭湖东岸，即杨家湖东岸，有一条半圆形的马路环绕。靠近龙亭公园的地段建起了一座桥，开掘了一条向北的水道，湖水也得以向北舒展，而汽车必须绕行一段才可通行。因此，这段马路在人工之手的度量下，竟僻静下来，与西岸通往清明上河园的道路形成鲜明对比。马路旁边，集中了不少工艺美术展厅，还有个别咖啡馆穿插其间。我来到的时候大约上午九点，经过整晚喧闹之声击打的世界杯海报，看上去有点落寞。此处茶馆计有两家，其中靠北的一家地方宽展，进去的时候空荡无人，但很快警铃大作，一团穿着睡衣的肉体从小房间内挤出。定睛一看，是位中年女子，估计是老板娘。我向她说明来意，又上楼仔细端详一番，然后索取了名片，预定了明天上午的一个房间。

回来后，逐一打了电话，除耿先生外，还有新闻传播学院的李勇博士，我们院的伍茂国博士，孟庆澍博士，再加上我的学生，诗人王向威。

　　沙龙预定在上午十点半开始，我自带了一小盒西湖龙井和一袋熟花生，同李勇一道开车去接耿先生。一路无话，准时抵达地方，其他人等也已到达，大家一块上楼，进入订好的房间。屋内窗明几净，有一长桌，一沙发，一茶几，小长桌刚好坐得下六人。拉开窗帘，微微起伏的湖水在绿叶间摆动，随着清风，几声知了寻机潜入房间。"是个好地方"，大家如是评价道。

　　向服务员要了一壶信阳毛尖，另带四盘小点心，茶水沏好，大家便落座开聊。简单地致辞后，请耿先生发言，而今天的耿先生并不主动，话题从伍茂国先生那里开始，讲述其最近关注的欲望叙事问题。伍先生是湖南人，直爽健谈，从道德叙事到情感叙事，再到欲望叙事在当下的膨胀，他谈到了文学书写过程中边界的不断敞开问题，并联系热播的电视剧《蜗居》中人物欲望作为案例，待至兴奋处，两道显眼的剑眉不断上扬，呈斜角向太阳穴刺去。除了王向威低头做记录外，包括我在内的其他人等，遇到感兴趣的段落，即兴加入，延展话题。而耿先生分几个时段做了点评，毕竟是理论功夫了得，他所提出的为当下混乱的欲望叙事进行理论立法的建议，及现代性自反性的命题，使在座各位顿时有会临山顶之想。

　　杯子里的茶水一再退下，又被重新沏上，落在座上，窗外的世界仿佛在安静地等待，只有彼此的言辞，不停奔跑、停顿，然后转入另外的道路，一同川流的还有时间，而关乎它的刻度，在门外冷静地站立。

　　将近下午一点的时候，我鼓起勇气打断了诸位奔驰的话语，提议去附近的一个深巷，尝尝老开封拉面的味道。大家然诺，便一起下楼，往目的地而去。到地方的时候，食客已经寥寥，坐在简易的小桌子旁，我向大家介绍了这家酒香不怕巷子深的拉面馆的历史，六人中，除了我和李勇外，大家皆没来过这破败萧条却食客云集的小地方，甚是新奇。边吃边聊，我们的话题倏然一变，从刚才的相期邀云汉转入地下的尘土之中。

回去的路上，想起《世说新语》中大名士谢安的一段话：若遇七贤，必自把臂入林。如今，整片的树林早已被高耸的城市逼退到百里开外，而能够遇见耿占春先生这般纯粹之人，精神上岸者，只好以湖畔的茶舍将就之了，而能够把其臂，并言笑晏晏，于我等，借用《五柳先生传》中陶渊明的话：晏如是也！

# 拾　荒　者

　　早春的傍晚，风在城市楼群间辗转逡巡，它柔软的身体扁平曲折。我在错落的楼群间折行，风断断续续地敲打后背，似乎能感觉到其边角的形状。一阵风过后，就会有一阵寒意一拥而上。我从口袋里抽出左手，将背包的带子往肩膀中部拉伸，以使被扯远的衣领更靠近脖颈。相去立春已有多天，然而在我的感知里，那些青黑孤零的树杈，灰暗平淡的楼房，以及像我这样的行人，依然被寒冷握紧。

　　二月的长安城，浩荡的春风已将柳树裁出若许细叶，或者是"天街下雨润如酥，草色遥看近却"的妩媚景象。那是古远时间中的中国北部，然而在我们这，在北方的城市里，干冷依然是生活的主题。

　　三四点钟的时候，阳光就已经了无踪影。我不知道它是怎么隐去的，就像我不知道，它在某一天早晨何时穿过我的窗棂。这样的时节，没有人去刻意计量它的运行轨迹。还没到黄昏，却因为阳光的退去，窄窄的天际显得灰暗。

　　这一带的居民楼极少有围墙的隔离，相互间皆有小道的连结，稍宽之处是水泥路面，而窄一点的则用方砖铺设。住的时间长了，我对转弯拐角的众小道已经驾轻就熟。有一段通道，介于两座居民楼房之间，是我常常走过的地方。它是我手边的事物，熟悉到无须相望即可细细数落，比如它两边的藩篱长度，树木品种，方砖的下陷，甚至三个垃圾洞口何时会被铁板封住，皆可以做出准确的刻度。

此时，走在另一条小道上的我左转，很快进入这条我所熟悉的小路。刚走几步，我的目光随之与一个人的背影遭遇，那不是一个行人的背影，方砖的路面上只有我一个人的滴答声；那个背影弯曲，紧紧挨着中单元的垃圾洞口，佝偻的身子如一张弹弓。准确地说，我看到的是一个倾斜的脊背，而不是一个直立的背影。我的目光因为看到而专注，始终紧盯着这个圆点，待走近几步，一个人的侧面完整地扑向我的眼睛。这是一位上了年纪的老年女性，双腿细硬矮小，上身的粗布衣服略带暗黄色的花纹，是少见的对襟样式；头发用一方布帕包裹，也许是浆洗的次数太多，布帕已经变得乌青，布帕并不大，有少许花白的头发在边沿分布；有一半的皱纹在半边脸上呈现，密集如北方初春的尘土，让我立刻想起了八百里之外的母亲；她的左手扯着一个暗红色的蛇皮袋子，几乎与她弯着的身子一般高下，袋子的外层非常干净，应该是经常漂洗的缘故，与那些装木头杂物或者煤球的蛇皮袋有着天壤之别；而右手紧握着一个短小的铁耙，能看得出，她正非常用心地在垃圾洞里勾连着什么，因为我的鞋子所发出的踢踏声根本没引起她的注意。

我不想给出一个拾荒者的定义，拾荒的内涵尚有褒义的指向，准确地说，她是一位捡拾垃圾者。

或许是此处的看到，使我的思维从自我的洞口开始向外发散。"她从哪里来？吃住在哪里？难道没有儿女侍候？是位被遗弃的老人吗？"诸如此类的问题迅速在我的脑海里递进。然而，这样的思考随着小路的蜿蜒而铺展，也随着小路的很快结束而结束。回到家里，整理内务的工作又使我坠入日常的洞穴里。

又几天后，周末，一个阳光充裕的上午，我带着女儿下楼，看着她在院门口的小水泥路上骑滑板车。女儿轻盈的笑声如脑后的两根小辫，在微风中鼓荡，我的心情立刻舒朗了许多。大约过了一刻钟，站在路边的我又看见了那位拾垃圾者，她从大路上向我们这里折转，身后背着的还是上次见到的蛇皮袋子，不过比上次鼓囊了很多。因为是正面相遇，关于她的身体，我有了新的发现。两条罗圈腿非常明显，每一次抬起的步子夸张而吃力，左右重心的摇摆幅度尤其让人担心，像是狂风大浪中的小船，每一次的摆动皆有倾覆的危险。女儿看到她的姿势，有些慌张，赶紧靠到我的身前，眼睛里闪烁出既好奇又惊恐的色彩。我用一只手扶住女儿胳膊，另一只手指着这位拾垃圾的老人，对女儿说"除了走路不像外，你看她是不是像奶奶啊？我们应该对她好一些"，女儿对我点了点头。我们站在路边，目送着那位老人渐渐离去，直到背影消逝在拐角处。

在这座城市生活多年之后，我渐渐知晓关于城市根部的一些东西。比如我曾多次碰见这样的拾垃圾者。几乎清一色老人，拾垃圾就是他们的职业，是他们的生活依据。他们多数聚集在垃圾场附近，有一次经过南关，我曾见到他们成群结队的身影，远远地散布在大垃圾场之上。一旦有新垃圾的到来，就会蜂拥而至，再高的垃圾小山，也会被他们的耐心抚平。垃圾场的气味腥臭刺鼻，令相隔几里之外的我必须屏住气息，然而他们每次的驻守很可能就是一整天。他们中还有少许是散兵游勇，分布在城市的小巷深处，经常光临开放型楼宇的垃圾洞口，用铁钩翻弄居民丢弃的生活垃圾，从中找寻一些纸片、塑料制品、饮料瓶子。我见到的那位老者就是其中的一员。他们不是一群流浪者，在我们这块大地之上，流浪者基本上由精神障碍者构成，完全不同于欧美社会中自觉远离社会体制的流浪者。他们也不是一群乞讨者，我们社会的乞讨者有着很深的江湖气，是拍摄纪录片的好题材。他们也不是城市里专门收破烂的人，收破烂者多以青壮年为主，而且收入并不低，只是差了些体面。对于这群拾垃圾者来说，体面是差的，收入也是极差的，刚够温饱或者仅仅在温饱之上的程度。只能说他们是弱势中的弱势，边缘中的边缘。也许，从离开家（被驱赶或者独身之故）那天算起，他们的生与死将彻底趋于无声，其响动高不过一枚树叶在冬天的腐烂。

他们也是我们这个社会少有的真正穷苦者，在生存的陷阱里苦苦挣扎。后期印象主义大师莫奈有一句名言，叫"生活真令人可畏"。我们的这位艺术大师多少还有些讨巧，他所说的可畏大概是因为误解、流言、前进路上的栅栏，而非冷静现实里的最后一根救命稻草。对于他们来说，日常生活里已自动取消了所有的格言律令，只剩下活着本身。是的，正是活着的最低状态，使我们对尊严的设置困难重重。

被亲人离弃，最后的温暖底线遭到撕破，他们仓皇出走，来到城市里，捡拾垃圾，讨取最低的生活，其间的过程，岂痛苦一词可以形容！

在这座城市里，我会与他们不定期的相遇，但是我很清楚，他们的世界，我们是进不去的，这个与身份地位无关，与学识高下无关。我可以和一位收破烂者谈谈他的家乡、家人、租住房子的大小，也可以送给他一些女儿淘汰下来的衣服鞋子，按照他的话来说"我们都是朋友啦，给多给少是无所谓的"。但对于那些拾垃圾者来说，我缺乏任何一根与他们交流或交往的连线。尽管有思绪的飘落，但我只能用单薄的文字展开有限的猜想，而能否抵达，我没有任何把握。

最近几天，天气持续阴冷，寒冷的夜晚，我不知道上次见到的她和他们蜷缩在城市的何处。我也不知道，将有几许的叹息会在城市的身体上落下与飘起。

第四辑

# 乡村人文志

# 那　些　树

　　自然界的树种多样纷繁，这是我离开家乡一段时间之后才不断添加的观念。在此之前，萦绕在我的脑海里总是那常见的几个树种。比如在我的老家，大别山北麓一座小村子里，杨树在房前屋后四处招展；柳树在池塘或河沟附近低头掩映；成片的竹林紧贴着堂屋后沿相互簇拥；而槐树则见缝插针，沟沟坎坎里皆有它们弯曲的身影。以上四种流通于各个村庄之间，越过地形、面积、名姓的差异，成为某种共通。

　　在岁月面前，除了人事的沧桑，村庄的树木也是与时凋零的。二十年过去了，泡桐、椿树、楝树以及山坡上的松树、杉树、栗树、枫树等这些曾经常见的树木，在今天，其身影已被锋利的时光渐渐削去。更别说那些较为稀少的树种，它们的退去兀然而干净。在老家，那个叫新塘的小村子，两棵仅有的门子树，在十年前一次重修塘埂的公共行动中，轰然倒地，失去了最后的传承；而隔壁舅姥爷家的一棵银杏，不知出于什么原因也消失掉了；桂花则仅剩我们家院子里的一棵；其他一些不知名又上了年龄的树种，则要么死掉，要么被砍倒。这些事实都发生在我远走他乡的光阴段中，它们凋落的具体细节，我无从知道，我所知道的是，在今天，若想找出一棵超出三十年树龄的大树，实在不易。乡村植物的命运，一如世事的更迭，在最近的时间段里突然加快了速度。

节奏本来是村庄运转的根基，就像那破旧的老水车所发出的咿呀声，或者小脚老太踢踏的脚步声。一旦速率加快，突突之声渐起，结构的塌陷必然成为普遍的现实，而树木的易手，不过是如棋世事中的一枚小小棋子。

与四种常见的树木作为比照，在村庄内，还有一个种类也是郁郁葱葱。它们也属于树种，不过却是果木，这些果木与常见树种而言，有一个重大区别，即原生性问题。它们的幼苗往往是从集市上购买而来，或者是从别处移栽过来，然后发育成林。虽然大多数果木属于次生性树种，但这并不妨碍它们的蓬勃旺盛，梨树、杏树、梅子、桃树、石榴、柿子、樱桃等，每一家皆会有那么几棵或几种。它们也颇受乡里人的待见，占据房前屋后肥沃、朝阳的位置，而且在幼苗时期，主人往往会制出简易的栅栏将其罩住，免得猪拱或者牛的磨蹭。在乡村，家养的牲畜是树木最大的杀手，尤其是在幼苗时期，那些夭折的树木极少因为干旱缺水或者营养不良而死亡，往往是因为猪鼻子和牛屁股的运动害了它们的性命。

虽然受到一些优待，有些果木仍然不易成活，比如桃树，在虫子的噬咬下，幼苗很容易毙命；还有樱桃，娇贵得像独生子女，又是择地方，又是择向阳或背阴。细数我们家这十几年来所种下的果树，能够存活的大概只有五成左右。而一旦过了幼苗期，人们就会随着果木自己的性子，让其自然生长，既不为它们浇水施肥，也不为它们修剪枝条，所等待的，只有立秋后的收摘果实。如果哪棵果树胆敢在长大之后还不挂果，狐假虎威的面目一旦暴露，那其下场肯定是悲惨的。我家种下的一棵樱桃，几年过去了，不仅没有结果，在高度及腰围上也没呈现什么明显变化。就在去年，被我的老父亲，一铁锹下去，如野蒿子一般折断为两截。幸亏这只是些偶然事件，若不然，乡村的果木将难以承受生命之重。

乡村树木的栽种没有什么种类界限，果树与其他常见树木往往混杂在一起生长。轻与重的区别也就在幼苗时期，一旦成树，人们就会对之一视同仁。这一点与家畜不同，狗、猫、猪、牛、鸡、鸭等，会形成一个小小的等级社会。所以乡村的树木不分高低贵贱，只分亲疏远近。在乡村，所有长大的树在倒下之前，基本处于顺其自然的状态。许多树木趁势将修长笔直的特性踢开，变得臃肿而怪异，横虬别枝，不分长短，纷纷挤满树干，从底部到上部，密密麻麻。换一个角度，一棵成年的树，其生存的状况却又是简单而明晰的，既不会遭遇动手动脚，也不会领受流言蜚语，只是一年又一年的新绿，只是一年又一年的平静。

春节回去，有几个探子到我家来，向父亲打探院子里那棵桂花树的价位。我问父亲，真的要把桂花树卖了？老父亲点点头，对我说及，县上要建一个很大的桂花园，我们家的桂花形态较好，能够卖上一个好价钱。听完父亲的话，我没有说什么，只是抬起头，多看了几眼这棵已二十年的老树。

# 寂静的乡村

农历六月，最长的白天已经落在身后，而乡村的夜色，照样是姗姗来迟。薄薄的暮色先将远远的山尖隐在怀中，然后是那逐级抬升的稻田也开始缥缈起来，一向从容不迫的槐树很快被一团暮色收容。正是吃晚饭的时候，家家户户的小桌子照例被提到厅堂或者房前的空地上，一两份中午的剩菜，再加上一碟腌制的甜黄瓜或咸黄瓜，构成了晚饭的全部内容。没有了男人和女人，只有老头和老婆加上一两个幼儿端坐在桌子周围，实在没有必要在厨房里叮当一番。

几乎无话可说，偶尔，盛饭的汤勺会和稀饭盆溢出些交鸣声，而声音也小得不足以惊动近处昏昏欲睡的鸟类。

晚饭开始之前，我已吩咐侄子提了一桶清水洒在大门前的空地上，以除去暑气。这次归来，我是全家出动，于是吃饭的人数陡增，母亲在厨房里忙活了好一阵，晚饭才正式开始。此时，夜色彻头彻尾地洒落下来，父亲破例吩咐侄子将路灯打开，我对母亲简要说了说城里的生活，然后一头扎进稀饭碗里。桌子下面，我家小猫和小狗为争夺一块骨头产生了纠纷，小猫被我一脚踹出，发出纸老虎似的尖叫声，使整个村庄几乎震动开来。

越是燥热的夏夜，风越是悄无踪影，我以最快的速度结束了晚饭的历程，然后拿起母亲给我的蒲扇，为小小的女儿驱赶蚊子。母亲收拾碗筷的时候，我起身招呼孩子们一快到塘埂上凉风。

一早吃完了晚饭的人们全都来到这旦，就在吃饭的间隙，我其实已看见了他们陆陆续续的身影，都是我所熟悉的大爷大妈们。乡村的电器设施一向奇缺，最昂贵的消暑电器就是电扇了，虽然每家也都添置了它，不过，谁若是说出"扇了一夜的电扇"的话语，没准是在炫耀。不管有没有风的存在，六月的夜晚，大家还是喜欢去到近水的地方，从我很小的时候算起，这种形式从未中断过，人们喜欢这种形式，也依恋这种形式，我也是。

就着星光，隐约可以看见十几张越发苍老的面孔，还有几个小得看不见头尾的婴孩偎在他们怀里睡觉，一问方知，这些都是今年新添的生丁，于我而言，当然是陌生的很。大家在有一搭没一搭地说着今年的雨水、乡邻的生老病死，声音是一片的喑哑，曾经粗壮的喉咙早已被田地刨平，而正在粗壮的喉咙，纷纷离开这里，在各个城市的工地上流通。

还是没有风的一点影子，身旁的水面上渐渐升腾起袅袅水汽，看着女儿还没有睡意，我想捉几个萤火虫给她玩，可是等了半天，也没发现几只，远远近近的青草还是那么茂盛，那些满山遍野的萤火虫哪里去了呢？

坐在小板凳上，我的目光逐次掠过那些非常熟悉的景物，每家每户的屋顶，房子后的竹园，小山上的石塘，即使是在夜晚，我也完全能够估摸出它们的样子，无论我回乡的次数多么的少，但对于我的世界而言，它们从来都是最熟识的地方。整个村庄黑黝黝地，安详地坐在夜的怀里，没有一家开着电灯，静默得近似于凄凉。更令人奇怪的是，不远处位于小山丘上的大队部（准确地讲应是村支部，不过并不通用）也是一片漆黑。

"大队部怎么没亮灯？"我问道。

"他们穷透了，干透了，没钱吃喝了，所以电灯也点不起了。"有人如此说道。听我提到大队，人群中立刻涌进激动的情绪，人们七嘴八舌地说着有关大队的故事，话语里塞满了大把大把的嘲讽，再加上几丝如释重负的高兴。

"前几年，他们能收提留的时候，白里黑里吃啊喝啊，晚上能开一夜灯，乡政府里的人也都来吃喝，然后夜里就在大队部里赌博，没钱的时候，就找老百姓要，再没钱的时候就卖山，卖水库，卖树，卖茶场。这几年，上面不让收提留了，能卖的也都卖光了，他们哪里也弄不到钱了，还欠了一屁股的债，当然吃不起来了，也赌不起来了。"有人继续说道，语气里有些许的夸张。

我还是有点不相信。

"今年一年，大队部的灯就没亮过。"我的一个表叔又加重了口气。

我不得不相信了这个事实，夏夜的乡村，唯一能看得见的光亮也被掐灭，而理由不是因为堂皇，却是因为滑稽。

老人们睡的都很早，九点钟的样子，塘坝上的人们陆续散去，塘坝上也沉入了安静，因为是晴朗的夏夜，水田里的虫子们也放弃了聒噪，青蛙的声音更是稀少得很，据说是因为能逮来卖钱，所以就和黄鳝、乌龟、王八、蛇类一道，遭遇了普遍的捕捉。辛稼轩的词里有"稻花香里说丰年，听取蛙声一片"句，是他在江西铅山的乡村里隐居时所写，这样的情景在20世纪80年代还没有什么大的改观，不过90年代以下，却被稀释得面目全非。

躺到床上，还不到十点钟的样子，和我以往的城市生活习惯极不对照，于是翻来覆去，横竖睡不着，就听窗外的声音，其实什么都没有，连熟悉的断续的吠声也不见闻。一个特别安静的夜晚，横亘在我的窗外，让我感觉到很不习惯，也有点不安。

第二天刚吃过早饭，我就领着女儿去附近的小山上转悠。村庄背靠的小土山上，已经被几家竹园蔓延的竹笋全部占领，一些新生的竹子横七竖八地延展到小路上，深深的牛蹄印里，还藏着一些鲜嫩的竹叶，这是被牛折断后踩在脚下形成的。或许是走的人太少，小土路几乎被疯狂的野草包围。站在相对较高的高处，举目四望，清山、绿树、红瓦、水塘依次罗列，还是那些相识的景物，只是所见之人实在稀少。

母亲从菜园里摘了不少蔬菜，帮她择菜的间隙，我问她，大队把能卖的全都卖光了，那大队书记整天干些什么。"他天天在屋里睡瞌睡。"母亲答道。我又问母亲，我们家以前的那条大狗哪里去了，母亲告诉我，不仅我们家的狗被别人偷去了，庄上其他人家的狗也几乎被偷光了，一个村子的大狗也就剩下一条，而且是天天被拴在家中。"怪不得夜晚的乡村那么安静，原来是偷鸡摸狗者之流的功劳"，我在心里想。

听母亲说，如今的偷鸡摸狗者胆子大得很，以前多是在临近年关的夜晚下手，现在却多是在白天下手，鸡狗除外，羊和鸭子也是他们攫取的目标。一般是两三个人一伙，骑着摩托车，车的左右挂上两个大筐，大白天就在各个村庄附近转悠，一旦有人锁上门去田里干活，他们立即直奔目标，牵上鸡或羊，跨上车就跑，哪怕是邻居们闻见动静，奔出呼叫，但这些老弱病残怎奈何得了这批壮汉，所以村子里的鸡鸭狗羊是一家挨一家地被偷。没有办法，村子里人们只好以不养为上策。

盗贼如此猖獗，无非是因为村庄少了关键的人等，像我老家这样的村子，五十以下，十五以上年龄段的人们，不分男女，若是还待在乡村，就会被认为是没出息的表现，于是他们不得已到外面的世界拼争，一年年下来，有增无减，现如今，一个二百来人的村庄，日常的驻守也就只有四五十人而已。

张爱玲说："没有船的海是寂寞的。"而对于村庄而言，没有人的世界，也就只能退守到寂静的位置了。

# 塑料之痛

### 二十几年前的提篮

农历三月初三，杈子山对面，一条由几个土山包相互连接而成的脊背之上，是我们老家一年一度举行庙会之地。能够和大人们一起赶庙会，在小时候的我们看来，无疑是一场不能错过的盛宴。

庙会针对农民的日常生活而设置，真正有关孩子们的游艺项目其实非常稀少，比较新奇的也就是乡间魔术之类，大量物件还是归属于农用日常商品的属性。其中大件的有犁、耙、铧等，而小件商品则集中在竹编或苇织的商品之上，日常赶集所用的提篮就隶属其中。

整个20世纪80年代，提篮在我的记忆之中，是极其平凡的物什，只至今天，当塑料袋子铺天盖地，几乎堰塞住我们所有的呼吸之际，它那小小的身影，才如此清晰地被记忆的河流翻卷。但在那个时候，它太普通了，你可以在赶集的大人们手上看到人手一份的情景，也可以在每家每户的外墙壁之上，阅读到它空闲之后与阳光相拥的景象。除了赶集的功能之外，提篮的用处还撒播到日常生活的其他因素之上。年龄稍长进入城市，碰到了一个名词叫"使用率"，那时却没有此概念的存在，只是常常看到提篮被大人们三番五次地拎出去，提回来。节日里走亲戚掂的是它，装一些芝麻、黄豆、绿豆等小物品用的也是它，甚至在我们去逮鱼的时候，也会拎上它，让它派上用场，装一些小鱼、小虾、泥鳅、黄鳝之类。不过，我很少看到提篮用来盛米面的情景，也许是过于频繁地使用，使其底部黏附着鱼肉的血污以及其他物品留下的泥土渍印，一眼望去，提篮的下半个身子显得黑不溜秋，这或许是其中的原因罢。一般情况下，提篮会挂在屋内的某个钩子之上，享受整个家庭的爱护，然而它也有特别狼狈的时候，比如池塘即将干涸之际，我们就会掂着提篮纷拥而至，径直冲入浑浊的塘水之中，胡乱在泥水里摆动，然而我们终究捞不到稍大的鱼，所等待的，还是大人们将捉来的鲫鱼、鲤鱼、草鱼和着塘底的黑色泥巴，直接扔进提篮之中。一旦小小的提篮装满了所逮之鱼，我们就会主动承担运输的任务，双手提着提篮的系子，一路小跑，奔进家中。其中的快乐纯粹无比，只是提篮有点遭罪。

对于提篮来说，狼狈的时光仅存于偶然干旱的夏天。几次赶集用过之后，底部常常需要洗涮。这样的事情也经常落到像我这般的孩子身上，因为在大人们看来，孩子就是用来叫口的。洗提篮是一件比较轻松的工作，把稻草挽成一把，在池塘边擦洗几遍之后，篮子就会回归光鲜的模样。至于提篮底部的污迹、草末，则沉入塘水之中，供小鱼小虾们享用，这是个最低层次的自然资源循环系统。那些日常的污秽之物，会获得再生，像这般的循环系统，在20世纪80年代的乡村现实里非常普及。如果你能够倾听，我当然愿意为你讲述，只是我的讲述将有所针对。

如同提篮一样，粪荡也是一个非常寻常的循环符号，同时也是家家户户备有的。所谓粪荡，实际上是家庭用来处理某些废弃物的小池子，它一般位于大门前空地的左前方或右前方。它所收留的废弃物是有选择的，比如酒瓶、纸片、塑料薄膜、人的粪便等就不在其范围之内，一般来说，扫完地后的垃圾、门前的落叶、牛粪狗屎以及牲畜吃剩的草根瓜皮，皆会被倾倒进去，被过期的雨水浸泡，其中重物下沉，落叶覆盖其上，这样就不至于臭味随风袭来。废物的沉淀会持续一年左右，在秋天这样的季节，人们会提前将粪荡的水舀干，再风干一段时间，经过发酵的废物就成了板结的有机粪。这时，就会用铁锹将其翻掘上来堆在一起，然后挑到地里，成为秋播前各种作物重要的肥料。与饮食有关的泔水、剩饭菜则会通过泔水桶的传递，进入猪的肠胃，消化之后的废弃物将有两个去向，一是菜地；一是田地。而人的粪便则完全走向了菜地，其中也要经过一段时间的沉淀，地点在厕所里，而时间上却没有粪荡那么久长。如果是夏天，雨后的第二天，一旦旭日升起，大人们就会禁止我们赤脚去菜地，因为粪便形成的肥料氨气太冲，会使我们小小的脚板染上脚气。

在提篮被广泛运用之前，如果是买卖小件的物品，我想应该是由竹编的小筐承担。提篮也好，小筐也好，一旦破烂之后，就会被人们扔进灶火，而化成的灰末，则会用来铺垫雨天的湿漉。这些自然而成的事物，最终落入了泥土，在大地之下，作为养料的基本构成部分，向植物的根部挺进，日复一日，最终完成自身的循环使命。

循环相因是理解自给自足的小农经济的另一个向度。这个向度与经济发展模式及成果有关，也与朴素的生活方式相关。经济发展与生活方式间的关系，在本质上讲如同水与冰的关系，支撑与覆盖、部分程度的兼容性以及有限度的弹性，是特性框架内的基本内容。一旦某一方面用力过重，裂口就会迅速出现，并走向壮大。我们今天的目击，也许恰好就是对这一裂口的验证，它们之间相互倾轧的景象，让我想起1968年萨特的激进口号："要么一切，要么全无。"

## 今天的塑料过剩

最近几年回老家探视，耐不住多情之身，常常沿着童年的踪迹，走向房前屋后、池塘四周，走向心中牵绕的山坡以及交叉的小路。它们的依旧安静，让我想起久远的南方民歌，"沧浪之水清兮，可以濯我缨；沧浪之水浊兮，可以濯我足"。幸福的停顿总是短暂，它们的基本景象却又让我沉入思绪的惘然。

荒草没人膝，只为少人行。这里不是中唐诗人元稹笔下的玄宗行宫，却有着"宫花寂寞红"的同样事实。如果是在夏天，疯长的野草蔓藤更为醒目。荆棘与刺丛彻底阻断了通往山坡之上松树林之路；池塘的四周，茅草低伏，如柳枝垂下水面；而小路之上，有各种低矮的草类竞相匍匐，纯粹灰白的路面只在房前方寸之地才有所保留；至于素日平展的稻场之上，也没能守住光洁之身，几棵高高的野马料站在中央正引吭而歌。

在城市里生活，习惯了灰色的楼群与街道，内心对绿色的向往愈发挺拔。而在这里，故乡的夏季，满眼的青翠却让人无法高兴开来，那些入驻墙头、屋顶、门框之上的杂草，使人顿生"城春草木深"的悲戚。有关乡村的空心化，有关大国空巢的命题，也许，一株野草的存在，比之统计学的种种陈述，将会更加有力。

除了疯狂的野草的驻扎，另一件东西也强有力地与我展开对视，它们就是各色塑料袋的覆盖。早在几年前，我家院子里的一棵石榴树上就已经开始挂着它们轻飘的身影，这些是我的父母赶集后遗留的产物，成批赶来，并顽强留守。老式的提篮逐渐淡出，树的枝杈以及墙上的钩子之上，作为提篮长期的领地，几年下来，已经被塑料袋子蚕食殆尽。有一次，我在翻查东西的过程中，在大缸后面的墙旮旯处终于发现了两个提篮，只是上面蛛网暗陈，灰尘满布，也许是闲置太久之故罢。于是，我问母亲赶集的时候为什么不带着提篮，母亲说道："街上卖东西的都有方便袋，赶集的时候，谁还提提篮啊！"我从母亲的话音里听出了他们或许根深蒂固的习惯，不过，这习惯的主题已经不再是提篮，而是街市商店所提供的源源不断的塑料袋子。作为验证，我在老家的土路上，碰见赶集回来的乡亲之时，就会看到他们人手几份塑料袋的情景。

塑料袋并非塑料制品的全部，仅仅是其中的凸出。不经意间，现实的身体之上生长出了太多的塑料之物。众多小食品、雪糕、日化产品的外包装即属于其中。它们撕裂开后，被人们随意委弃，扔在乡间交错的小路两旁，崭新与陈旧相互重叠在一起，有时会待在路边的草丛里，有时则直接躺在小路的路面之上。而粪荡作为二十年前有机循环的符号，却成了它们集中的去处。在我的一位表叔家的粪荡里，我看见了它们满满当当的身影。红的、黑的、白的、花的，各种颜色的塑料制品杂处在一起，完全淹没了粪荡上方所有的空间，没有风的时候它们互相堆砌在一起，而一旦风起，则四处飞扬。个别的塑料甚至沿着树跟，一直攀爬到树的顶部，成为显目的顶戴。看到它们如此规模地聚集，我想，或许因为它们的介入，粪荡备粪的功能也许将彻底丧失，问题的关键还不在于备粪，而在于粪荡作为一个家庭最核心的垃圾处理系统，长此以往，必然会演变为一个仅仅用于填充塑料垃圾的土坑。风是吹不散它们的，只会让它们向高处散播；水是压不住它们的，只会让它们四处漂流。

夏天的乡村，依然是绿树掩映，只是那些过剩的塑料袋子，让人觉得刺目！

如果你对某一事物产生了关注，那么，随之而来的将是更多的此事物奔赴你的视野之中，塑料制品就是典型。有一次，去街上朋友家小坐，他们家紧挨着一条蜿蜒的小河。临着二楼的窗户向外张望，河水已经涓涓，时断时续，河道中央的一些地方，有成片的砾石裸露。有些石头之上，挂着已经发黑的白色塑料袋。再往近处瞅，发现那些沿河而建的一排排小楼底层的背面，几乎完全被成堆的塑料制品掩盖，不用说房子的根基，就是房子的第一层，也看不见丝毫的红砖模样。那些直达二层的塑料轰的一声在我脑子里凝聚，思维一片空白，靠着窗户伫立良久，我才回过神来，开始与我的朋友叙话。

在今天的乡村，鱼虾正渐渐消亡，而塑料制品却大规模的聚集。池塘、河流、小路，这些基本的乡村经脉，柔弱的躯体根本无法抵挡来自塑料无限膨胀的野心。我对此无话可说，我所能做的，只是把旮旯里的提篮重新翻出，拿到池塘清洗干净，然后递到我的老父母面前，劝说他们以后赶集的时候掂着提篮，不要再要那些塑料袋子了，就像我几年前告诉他们的那样，不要再把废电池扔到水田里备粪，那可是毒性很大的东西。

## 城市之殇

在今天，许多大学已经在推行水电节约计划，还有一些大学在限制塑料的使用。而我所在的学校对此皆无动于衷。或许是清洁工的勤勉，我们古老的校园尚能保持明净的基本模样。但这仅仅是校园的外部环境，一旦进入了教学楼的内部，如果你是个有心人，一些意外将会发生。

早八点之前，十号楼一楼通道，有络绎不绝的学生的身影，通道的左右两端靠墙之处，端放着两个红色塑料桶。左手的通道是我常常路过之处，每当此时，那个红色垃圾桶就会像火焰一样升腾到我的眼际。不是因为它的漂亮或颜色之鲜亮，而是因为一个普通的垃圾桶，竟然装盛了那么多的塑料之物。塑料袋、塑料杯、塑料外包装等，不仅压住了垃圾桶的平口，而且从平口向上无限叠加，像小山一样挺立。是的，正是"小山重叠金明灭"

的样子，不过，所指向的不再是女子的发髻，而是鲜艳的垃圾。而垃圾桶周围的地面上，散落着白色的黏稠的汁液，偶尔还会见到半个油饼正趴在地上。我不敢走近探查，那潮湿的气息会让人晕厥。

理综楼三楼，是我上课的另一个场所。第一节课间休息的时候，我会习惯性地踱到窗户旁边，举起眼睛向楼下张望。这个地方，是观察学校西门进出人群的最佳位置，这个时候，我当然会看到，一群群学生出了西门，他们是奔早餐而去的，还有一群群学生正从西门向校内走来，他们的手中大多提拉着东西，包子油饼等都用塑料袋子套着，而稀饭豆浆等，也用塑料袋子装盛，为了防漏，我知道这期间会套着双层。"这是一个拍摄纪录片的很好的题材"，我对我的学生这样说过。

早在禁塑令下达的三年之前，我就开始在日常生活中尽量避免塑料之物的使用，这不是因为我的思想有多么高深，而是因为双眼的看到太多，使我产生了若许的不安。赶早市买菜的时候，早已准备好的几个布袋子就会派上用场；如果在双休日，家里有客人的到来，我会端着几个碗碟直接去肉食店里，买些熟食；基于早餐与塑料袋子的不解之缘，我只能选择放弃带我的女儿去早餐点吃饭，选择在家里解决问题。但绝对的不使用是很困难的，比如买馍的时候，总不能次次拿着饭锅去买，如此情况，我只能选择囤积它们，让它们永远待在家中一个箱子里。

禁塑令之后的这段时间，我所经历的塑料之痛没有丝毫的降低。菜市场上，那个骑着三轮到处推销塑料袋子的中年妇女依然与我频频相遇，出自她口中的叫卖声婉转如前；没有打扫过的小街两旁，还是那些塑料袋子相拥而卧；在超市的收银处，往往能听到"我要塑料袋子"这样豪气干云的宣称，好像是对塑料袋价格为两毛钱的事实不屑一顾的样子；至于河道、窨井盖处、早餐摊贩前，更无须重复，如鲁迅所言，死了几个热血青年之后，

"街市依旧太平"。

今天的城市，有很多事物正走向庞大，作为柔软之物的塑料制品就是其中一种。经过了这十几年的堆积，它们不仅完成了对人们的普遍挤压，更重要的是，完成了从一个污染之物到完整的祸害的转变。更不幸的是，这样的人祸成了寻常的自然习惯。在我们的省会郑州，我所知道的是，每天处理的生活垃圾中，有百分八十以上都是这些白色垃圾，作为一个糟糕的补充，有四分之三的塑料袋子出产于我们河南。

或许我们可以做出这样一个推断，如果没有众多清洁工人，没有垃圾中转站的存在，不出二十天，每一座城市，都会成为塑料之城。

有人曾说过："这世界最糟糕的发明就是塑料袋了！"这个判断无比准确。而我所关心的是，那些千万吨级的塑料制品最终会掩埋在原本素净的乡村土地之下，它们和众多化工制品一道，表征着人类面对自然的超级欲望，当然也表征着人类与大地之间本真的疏离。

许多年前，城市早餐摊位的经营者，他们有了一项令人印象深刻的发明。为了消除食客的卫生顾虑，纷纷在碗碟之上套上塑料袋，然后再盛上稀饭豆浆之类，和着一次性筷子，一并递到众食客的手中。有了这样的发明，使我对何者为卫生的问题竟然无所适从。

# 时光后面，一个村庄的逃亡

绵延千里的大别山往西北方向，进入河南境内，在信阳南部与湖北交界处，延伸出几条低矮的山系。这些山系在商城县南部交错叠压，在大地上勾勒出一道道沟谷与河流，而相距不远的县境北部，一条断支余脉或隐或现地延续。这条余脉再往北，分布着长度约十公里的丘陵地带，与沃野千里的黄淮平原相接连。

故乡，一个叫新食堂的小村庄就浅浅地陷入这狭窄的丘陵地带之中，如风中的芦苇丛，随地势而起伏。它的正南方向，直线两公里处，就是大别山最北的一支余脉，我家的许多亲戚，在那些小山中世代居住。

比起华北平原动则几千人的村庄，我们的小村庄极其微小，这几年，人口总数基本上维持在二百上下。这还是来自户口本上的统计，如果是日常情况，估计只会剩下四分之一左右，之所以会如此，这要归之于二十年来打工风暴的覆盖与袭击。除了微小之外，村庄住户的分布也不是很均匀，散布在三个向阳的土坡之上，形成三个小小的聚落，春节拜年，往往要绕一个圈子。村民的房子皆面南背北，而门前，则是呈梯级向下伸缩的稻田，在当地，人们往往冠之以"某某冲"的称呼，"冲"的形态大小不一，它们在我之前，早已经存在多年。

与我们隔壁，村庄的后面，是一个叫凉水井的小村子，一道矮矮的土山将两者分开，土山之南的稻田与水塘归于我们，而土山之北的地面则归于凉水井。这道土梁只是一条隐约的分界线，小的时候，我们常常越过边界，去它的地面上逮鱼、砍柴、放牛、割草等等，甚至，有些时候我们放猪之际，也会随着家猪进入它的内部，并得以观察村庄傍晚的表情。

凉水井相比我们的村庄，更加狭小，它的住户只有我们的一半，这还是在以前，至于现在境况，正是我在下文要交代的内容。与周围几个村庄对照，凉水井有个突出的不同，它的住户不是在缓缓的土坡之上居住，而是在冲的下方纷纷安家，房子紧挨着稻田，门口没有宽大的场子，只好将打稻专用的稻场安置在几块水田之中。站在屋后的土山上眺望，凉水井恰好处于凹陷处，四周有数个小山头或近或远地围着。

上初中之后，我就开始住校，从那个时候算起，凉水井，这个小村子的细节于我便渐行渐远，至于童年时储存下的记忆，在时光的不断磨损下，也趋于模糊。不过，其中的一些大节，比如某个人的陡然富贵或意外死亡，在归乡的短暂过程中，还是能将其轻轻握住。大约十年前，经过十年外出的闯荡，这块地方上的一些人家，在致富结果上开始冒尖，比起守在本地依靠养殖或做小本生意而发家的小富者，他们崛起的姿势耀眼许多。打那时起，这些个别人的名字开始频繁穿行于乡民的谈资中，其中少不了嫉妒与羡慕。经过多次的话语影响，我多少了解这些人氏不一的致富手段，而邻居们可不关心这些，只看你有没有发家的结果，有结果就好办，就开始在闲言流语中树碑立传，当然，这也几乎成为举国一致的规则，我的故乡，只是其中最小的分支。

在凉水井，最先崛起的是我的一位远房亲戚，按辈分我应该叫他二佬。

早先，他在我们村当电工，后来辞掉了这份差事去了浙江，几番辗转后落脚在柯桥镇，自己办了一个汽车修理铺，一块去的几个同乡做了他的员工。我的这位二佬头脑钻极手脚勤快，三五年下来，就挣下了很多家当，不仅在本乡附近的街上买了门面，而且还为儿子选了个浙江姑娘做媳妇，在当地也置办了一处房子。十年前，这在我们当地可是个了不得的事情。然而，天有不测风云，好生生的他有一天突发脑溢血，一头栽倒在修理铺里，旁边的人赶紧把他抬送到医院，终因流血量太大而难以扭转病势。时而清醒，时而昏迷，眼看着人不行了，他的妻子也就是我的二娘，只好在老家花费巨资请了一辆车将其拉回。按照我们老家的风俗，人是不能轻易死在外地的，要不然就会成为孤魂野鬼。三天之后，他便撒手而去，咽气后，还是我的母亲为他穿的衣服。

"头一天，精神好得很，晚上还喝了一碗稀饭，还下地走动，沿着房前屋后转了一圈儿，在这以前，他可是连动都不能动的，我们还当他会好起来呢！"这是之后母亲对我说的话。不识字的母亲当然不知道回光返照这一医学名词，听完母亲的叙述，我也没有细说。

二佬死的时候，大概是个春末夏初的时节，当时还不到四十五岁。紧接着，我的二娘立马就搬走了，带着孩子搬到了街上，而老房子则用一把铁锁扣住，再后来，杂草就长到了廊檐之下，这是我前年回乡路过其门口时见到的场景。他们家是搬离凉水井的第一家，后来就源源不断了。

就在这件事的第二年，这个村子里接连的意外开始涌现。那年夏天，乘着假期我带着媳妇孩子回老家小住，闲下来，向着村子后的土山漫步，刚走到山岭之上，往北张望，一座新坟触目而及，摆放在周围的是几个崭新的花圈，红色的鞭炮碎纸散落一地，有些则斜挂在杂树枝上。新坟位于土山的山脚处，刚好是两个村庄搭界的地方，细土堆成的坟头孤独地挺立，在郁郁的青草丛中特别扎眼。回到家中，我就问母亲那是谁的坟头。

"凉水井杜成的，今年才四十出头，也是得急病死的。"母亲说道。

接着，我从母亲处了解到更多关于杜成的事情。原来，他这几年在外头领着一些人在工地上干活，是个小包工头，二佬去世后，他就成了凉水井混得最好的人。在另外一个镇上买了两间门面，正打算搬走，结果得了一场急病，与我二佬一样，也是从外地拉回老家，很快就断了气，整个算下来，还不到一个月的时间。

"才四十岁就死了，真想不到，那他的老婆孩娃咋办？"我问母亲。

"小孩也大了，搬到街上他家买的门面，他屋人（即老婆）改嫁到别的地方去了。"母亲对我说。

杜成在春天去世，而在这一年的冬天，凉水井的另一位壮年人跟着出事了。这位姓罗的表叔刚开始在营口收破烂，有了一定积累后帮本地人扒房子，自己揽活，一群人跟着他干，挣的数目也非常可观，在我们那个地方很快就传开了名声。正当好的时候，有一次扒房子，一堵墙陡然垮塌下来，站在下方的他当即被压住，众人把他从里面掏出来，业已失去了人形，人早就不行了。后来也是拉回了老家，葬在附近的山头上。而男人一死，家里的女人再也待不下去，领着孩娃搬到了别的地方，当然，这都是后话了。

还是在这一年岁末，回老家过年，听到这个消息后我问母亲："怎么都是在四十多岁正好的年龄，还是混的正好的时候，就出事了呢？"听完我的话，在火盆旁，母亲开始给我讲述她所知道的故事。

"你不知道啊，凉水井这个地方，可是个五虎群羊的地方。你看，它周围是不是有五个山头，这五个山头就是五只大虎，凉水井呢，就是羊地了，里面有哪只羊要是肥了壮了，老虎就开始逮羊吃了，你二佬他们就是发家了才被老虎逮吃的。早先的时候，这地方也是这样，新中国成立前，凉水井有一个大户人家，我们这四周都是他家的田地，附近很多人都给他家种田，家里有好几个管家，这一家主事的呢是个女的。有一天晚上，她听到山岭上有动静，原来是阴差派人来逮她家了，那铁链子呼的呜呜响，她就派账房和管家还有帮工拿着铁锹、锄头去撵那些阴差，在我们后山上打成一条潮。""后来呢？"我插了一句话。

"没过几天，主事的女的就死了，她们家老老少少接着又死了不少，最后这一家子就败了。现在的人家都是新中国成立后搬过去的，以前都穷，没啥事，现在富一点，老虎又开始逮羊吃了！他们湾子（即庄上）里的人现在骇的不得了，都打算搬走，有的在街上买屋，有的在城里买屋，有的在外地干脆就不回来了。"我见母亲的表情认真而虔诚，没有用我的无神论思想去干扰她。

自从母亲对我讲了这个故事后，凉水井渐渐在我的心里扎根，诸多问号深深刺入回想之中，有时在千里之外城市的夜晚我还会回忆起它，触摸它的沧桑变迁。近几年回家，傍晚在山岭上转悠，不自主地会朝着凉水井的方向望去：开着大门的人家寥寥可数，几缕细小的炊烟在村庄上空升起，上边的水塘里偶尔会有一个女人在洗着衣服，水草铺满了半个水面，一些盖起没多长时间的新房支架矗立于东头西头的空地，窗户与大门都没有装上，形成一个个空空的窟窿，如绝望的静止的口腔，而冲里面，几块撂荒的水田长满了荒草，整个村庄安静得令人生怵。

自从几个意外发生后，大多人家果真如母亲所言，陆陆续续搬离了凉水井，田也不要了，房子也扔了。如今，这个地方仅剩下两户人家，而这两户人家也为孩娃在别处买了房子，等结了婚，就安排他们搬到新买的房子里去。在山岭上，我只看到了人们搬走后的结果，至于为什么搬离此地，或者说真的如母亲所言，是因为害怕被老虎逮住才因此搬走，我并不知情。

进入一个村庄是困难的，就像进入一个人的心事中去一样。

凉水井之名，取自于这个村子的最下方有一口古井，也是村子唯一的一口水井，井水异常冰凉，就是在夏天也是如此。在我小的时候，曾亲口验证过它的凉意，从牙齿开始，经过口腔直达肠胃底部，感觉与今天的冰水等同。

我最近一次去凉水井是在去年夏天，沿着水田间的田埂，领着女儿去看荷花，因为怕蛇的出没，还专意捎上一根竹棍。蛇没见着一条，而竹棍倒是派上了用场，田埂两边生出的茅草有齐腰深的样子，互相倾俯，将路面彻底遮挡。这可是凉水井人以前赶集的必经之路，如今荒废得不成样子，那些曾经的繁忙的急行到底哪里去了呢？我拿着棍子把茅草拨开，小心翼翼地往前走，来到水井旁边，如果不是记忆的定格，几乎认不出它的样子，边沿长出的杂草比路边的茅草还要深。我指着它对妻子和女儿说，这就是凉水井，看到野草实在是太深了，她们都不敢去，我一跃而过，跳到草丛里，站在井口处，往下俯视。一些杂草已经深入到井中，水面几乎全被浮萍遮住，几只不知名的虫子正在上面欢悦地爬行。皱了皱眉头，我迅即离开。

"成了一口彻底废弃的井"，我在心里想着。

今晚，当我坐在书桌前，再次与这口井在纸上遭遇，于是想起聂鲁达的诗句：每个白昼/都要落进黑夜沉沉/就像有那么一口井/锁住了光明。聂鲁达的井是锁住了一些东西，而我的故乡的这口井，却被一些东西锁住，我想它是一口忧郁的井，也是一口绝望的井。

# 老支书之死

## 一

冬天，晴朗的日子里，一年中最冷的冷包裹在风的身体里，逼近农历的年底。已过了十二月，正是临近期末考试的阶段，事务繁杂，如枝头叠压雪花的迸散，正马不停蹄地应付日常的间隙，忽然接到姐姐从老家打来的电话，告诉我年过七旬的老父亲突发急症，现已安排到县医院入住，而二哥也已经听闻消息，正在从浙江往回赶的路上。撂下电话，心中的焦虑如电击一般，身体一向硬朗的父亲一旦陡然倒下，形势定然不妙，而且病因是急性胃部大出血。于是赶紧安排抽身后的事宜，一个人急匆匆地登上南去的火车。

赶到医院的时候，少许的鱼肚白刚刚从东方的天际升起，而内科病房区却是灯火通明，空气中弥漫着消毒水和药棉的味道，从别处病房传来的些许咳嗽，如颤抖的铁丝，撞击着紧张的耳膜。父亲所在的病房倒是异常安静，立在窗户前，我先往内探视一番，见三个病床及陪护者皆酣然入睡，所以并未立即敲门，又过了半个小时，当屋内传出了窸窣的声音之后，我才推门进去。

父亲入院已经三天，而二哥则先我一天赶到，听姐姐说，刚来的时候情况比较紧急，双手和双脚皆挂上了吊瓶，不过现在情况已经稳定，只有一只吊瓶悬挂在旁边的支架上，至于病因，初步的诊断结果是胃溃疡。父亲此时已经完全清醒，从危险的边缘走了一遭又回来，看上去固然憔悴许多，但精神头还不错，我问他自己感觉怎样，"当时骇人得很！从早晨开始吐血，连吐了三次，最后一次吐的最多，有一小盆。"父亲边说边做着比画。父亲答非所问，或许是急于向小儿子表白当时的异常情况，我微笑着点点头，也没有接茬再问。据姐姐说，父亲上救护车的时候，村庄里连两个青壮劳力都出不起，多亏二哥的岳父从邻村赶来，帮忙抬的担架，才总算把父亲送上车。如今，大面积覆盖村庄的是各种茂盛的草类，人倒是越来越少了，只剩下老弱病残，如碎末般被抛撒到坑坑洼洼里，随性滋长或者凋零，这或许是个不得不承认的现实，而关于这个现实，也许是因为多次的目击，所以并不令我感到诧异。

归来后的第二天，父亲已经可以进食流质食物，二哥因为一些急事需要处理，又返转至浙江嘉兴的工地，病床前，主要依靠我来陪护。父亲不善言辞，一生皆是如此，大半时间都是靠在床头，两道花白的寿眉低垂，消瘦的双手缩在袖笼里，一言不发，任凭我与左右的陪护者随意谈话，从不加入，而且连我在千里之外的家庭生活状况如何也不过问，只有当相邻病床上一位身患丹毒的病号，对着端来的排骨汤大快朵颐的时候，才会抬起眉毛，目不转睛地紧盯，如一位张开嘴巴忘记合拢的急切孩子。这个时候，我就会笑着对他说："您别老看人家，您现在还不能吃硬东西，等病好透了，有您吃的！"

第三天，也就是父亲入院的第五天，父亲在稳步恢复的基础上有了明显好转，我也就有了更多闲下来的时间。上午与其他病友在谈到乡村的红白喜事的时候，父亲突然直起身来，用一种匀速的语调告诉我："李群年死了，你知道吗？"

## 二

在另外一篇文章里我曾如此描述过我那渺小而又永远的故乡，"绵延千里的大别山往西北方向，进入河南境内，在信阳南部与湖北交界处，延伸出几条低矮的山系。这些山系在商城县南部交错叠压，在大地上勾勒出一道道沟谷与河流，而相距不远的县境北部，一条断支余脉或隐或现地延续。这条余脉再往北，分布着长度约十公里的丘陵地带，与沃野千里的黄淮平原相接连。故乡，一个叫新食堂的小村庄就浅浅地陷入这狭窄的丘陵地带之中，如风中的芦苇丛，随地势而起伏。"

新食堂只是个村民组的名字，在故乡，像这样的村民组在口语中被人们称之为湾子，七八或十几个湾子组成一个行政村，它们或潜伏在洼地，或斜依在山梁之上，如同上帝的手缝间掉落的一粒粒草籽。我们村的正式名称为红石桥村，依照一般的村庄地理，这个名字来自一座短小低矮的石桥，这座石桥并没什么可称道之处，如果非要从中找出一些特别的话，只能归结到构成的材料上——所有的石料皆为红色石头。而我们湾子的后山梁上恰恰就盛产这种红色的石头，经过锤子、钎子的打磨，它们纷纷会变身为长条、方块状，垒在农户的院子里，等待旁人的收购，然后装车往北方的平原深处进发，成为家家户户必不可少的磨刀石。许多年后，当我在大学里学习文学理论课程，接触到贺拉斯关于文学批评的判断，即好的文学批评应该发挥像磨刀石那样的功能的时候，我的脑海里立刻浮现故乡背后那道并不高耸的山梁，以及那些或浅或深的石塘，当然还有少年时代石塘边的浅笑低语。

二十几年前，小山上的那些石塘仿佛一处处热闹的工地，如今，随着人们的纷纷外出务工，不断壮大的裂口吞噬着处于壮年的男人和女人，所有的石塘最终都走向了冷寂，这些被血肉筋骨和铁器凿出的深坑，不规则地分布在山坡之上，往年的雨雪乘机占领其底部，成为面积极端狭小的池塘。站在边沿往下张望，会发现诸多被风吹落的草籽在碎石块间生根，并最终长成一株株茂盛的草窠。

红色石头，石塘，磨刀石等等这些村庄物件的存在，相当长时间内影响到了我对村庄地名的判断，以至于在我二十岁前，一直指认的皆是新石塘这个地名，没有人为我解开秘密，这个由三十几户组成的湾子几乎无信件可言，也没有人专门就这个地名加以谈论。有一段时间，我甚至觉得新石塘三字作为村庄的名字天经地义，直到20世纪90年代初，村里为每户发下星级文明户的标牌，障目的叶子才总算被拿开，当我站在家门前廊檐上，仔细端详标牌上信息的时候，才发现我出生所在的这个小村庄并非如我所想，在村民组的信息栏里赫然写下的是新食堂三字，这个时刻我才有点恍然大悟，当然也怀揣少许的失落。

从一些老人的口中得知，我们湾子所在的地方在很久以前不过是几道荒坡，从晚清至民国时期，才陆陆续续有不少人搬迁或逃难到这里，聚居成村落，比如我爷爷辈，就是在民国时期从十几公里外的地方赶来，在此处安定成户。然而新食堂这三个字作为地名，不费什么思量就让人想到了新中国成立后的人民公社化及"大跃进"运动。

几年前，当我在图书馆内查阅河南地方志史料的时候，一条来自老家的消息引起了我的特别注意，消息的内容大概是在1958年底，商城县放出又一颗粮食卫星，全县各个公社大搞公共食堂建设。这一年，遍地皆新生的食堂，却为何我们那个湾子更名为新食堂？我曾就这个问题向村落里的老人以及村干部探寻根由，却没有得到任何有价值的推理，关于这个事情，也成了小村落少有的悬秘。

<br>

## 三

父亲出院后，我迅即启程，回转城市，快手快脚地处理完期末最后几天的事情，考虑到父亲的身体状况，放假后没几天，就携家带口回到老家。

小年（即腊月二十三）前后，大批外出的人们纷纷从天南海北的地方赶回来，一向静寂的水流汇聚成旋涡，漆黑的夜晚到来后，总算有起伏的灯光的延伸。除了相互打探彼此的年收入外，降生和死亡这两个亘久问题随之成为焦点。这一年，湾子里一共死了三位老人，皆发生在入秋后的季节，李群年就是其中之一。

在乡村，一个人的死只是肉体的终结，而关于其名字，还会集中地活上一段，尤其是年关前后的几十天里，邻居们会更多地谈论，未来得及奔丧的亲朋会关切地探询。在许多隐秘的角落，他的名字如汨汨而出的泉水，粘贴在或叹息或痛切或哀伤的语词符号之上，直到新坟落成，才会渐渐退潮，一旦又过了一年，当坟头的枯草彻底弥漫之后，其名号就真正落进水底。《论语》有云：朋友墓有宿草而不哭焉！在乡村，所有的死皆如一颗石子入水，而最后的声响却又如此之轻！

李群年死在77岁这一年，我能断定的一个结果是，哪怕是他的坟头还没长草，也不会有人为之而哭的。往前推五年，他的老伴在洗衣服的时候，在池塘边沿的石板上结实地摔了一跤，促发脑溢血，不久于人世，这是他的第二任妻子，第一任妻子早在他年轻的时候就撒手而去，相距现在恐怕有近五十年的光阴。而往前推七年，也就是老伴去世前两年，他的最小的儿子在鄢陵的砖窑上，因为与当地人结仇，被制造出的意外事件谋杀，撒下一个刚上小学的儿子，据说当时连立案都没有做到，他和另外两个儿子去了当地，仅仅拿回一些赔偿款项，仅此而已。小儿子走后，小儿媳妇没过多久就改嫁了，带走了他那六岁的孙子，逢年过节当然会走动一下，毕竟，他疼爱孙子是出了名的。

小儿子和老伴走后，李群年一个人住进小儿子的房屋内。他们家的房子走向与湾子里的其他人家很不一样，乃面西背东，他的南隔壁就是三儿子家，最南头则是二儿子家，四家几乎连为一体。这是个独立的更小的湾子，人们口中常道及的老李家，指的就是他这个家族，呈环形分布在三个点上，彼此相距大约都在五十米左右。平常的时日，因为隔壁的两个儿子皆举家外出，所以小小的湾子里，只有他一个人蹲守，五年来，皆如此。李群年一生节俭，无论穿衣吃饭，起居住行，喜欢吃喝的父亲多次在我跟前数落过他："从不赶集割肉吃，到晚上连电视都不舍得看，天一黑就睡到床上啦，怕掏电费，不知道省那些钱弄啥子？"

通过母亲和湾子里一些表叔的讲述后，关于李群年之死，我多少知道了些原貌。十月初的光景，天气尚暖，就在前些天，最小的孙子刚来过一趟，有一瓶已打开封口的饮料忘了带走，傍晚时，从田间劳作回来的他有些口渴，恰巧这一天又没有烧开水，刚好又看见一瓶饮料立在小桌子上。之后的系列经过母亲如此向我陈述道："当时李群年想着饮料是用钱买来的，舍不得倒掉，于是拿起饮料就喝了下去，结果当天晚上肚子就不舒服，先找的是赤脚医生，不很中用，后来就去了乡卫生院挂了两天吊针。回来后本来没啥事了，可能是没好透，心窝还有些疼，怕花钱，就不想治了。"下面的结果，我从多个邻居的口中得到更准确的验证：第二天中午，李群年给在街上住的大儿子打了个电话，告诉他家里还有两万多块钱，放在哪个哪个位置，他死后这些钱如何分，尤其是小孙子，虽然是别人家的人了，但也得有一份。叮嘱完后，他即刻在地上铺好了稻草（老家风俗之一，人不能死在床上，咽气前必须抬到用稻草铺的地铺上），然后仰脸就把一瓶农药喝下去了。等到大儿子慌张赶来，人还没有完全咽气，只是已不能说话，对着儿子指了指相邻桌子上的钱，随后就闭上了眼睛。

"他就是想死，本来小毛病就快好了，就是想死，他怕他不能动弹后就没人侍候他了，后人为此吵嘴生气，也不想受侍候的那个罪，就喝药死了"，母亲如是对我说道，在说到"想死"这个词汇的时候，我注意到母亲使用了两次，而且皆是加重的语气。同样是七十几岁高龄的母亲说到死亡的时候表情平常，我知道如她这般年龄的相邻或亲朋，皆相信人死后会去阴间，而魂魄绝不会离开村落，过节的时候一定会回来与后人团聚，那些死去的先人们不会说话，但都看着活着的人。所以，他们对待死亡如同家常。在母亲的事后分析中，我相信她关于李群年之死原因的判断，即想死，但为什么会想死，却是个令我头疼的问题。

十余年前，当我接触史铁生的《我与地坛》这篇作品，不仅为其间作家对命运与亲情的思考所震撼，也非常认同其对死亡的解读：既然死亡是一件必然降临的事情，那就不要急于去赶赴，本真地去握住当下活着的过程，才是人的使命和光荣。今天想来，这种认知还是一种典型的知识分子式的感悟，死亡的想法以及死亡的结果之间肯定存在不同的道路，有些甚至永不交错，比如我的乡邻李群年，他对自己死亡的亲手安排，必定有另外的细节，我们无法揣摩透彻的细节，在我们未知的道路上奔行。

李群年死后，他的另外两个儿子从外地赶回，因为年内没有埋棺的日子，所以直接就丘在他家近旁的小山边，紧挨一条赶集去的小马路，办完丧事还剩下一些钱，三个在世的儿子加上小孙子，平均分成四份，就此分发下去，事情有了初步的完结。只是湾子里的人赶集的时候，一般不会轻易选择其丘子近旁的马路，而是选择其他小路去街上。

"那路谁敢走啊！骇人得很！"回家过节的十几天里，我常听湾子里的其他人如此说道。

## 四

在乡村，一个人的时空总是与众多人的时空交汇、切割，而记忆就储存在相互重叠的部分。自然界没有两片完全相同的树叶，彼此的时空也是如此，哪怕是同龄人，也绝不可能等同，很多差异，你不需要去多想，所能做的也许只有接受，比如说，当你出生的时候，有些人事已经老去，更或者，有些人的时空已被冥冥之手抹去。

当我啼哭落地的时候，李群年正当壮年，又过了几年，关于他的一切才真正闯入我的视界，这个时候我已经上了小学，而李群年在红石桥大队的支书位置上已做了有几个年头。之所以能当上大队支书，这与他的军转身份有着极大的干系，那个年代，参军转业回来，而且又是党员身份的毕竟凤毛麟角。还是在那几年，李群年是我所能见到的最大的官，是否产生过仰慕之情，现在已无法考证，但惧怕却是一定的。大队部离我们的小学校百米之遥，是东南部几个生产队的孩子们上学的必经之路，放学后，我们喜欢在大队部前的场地上聚众哄闹，扔泥巴块、踢小腿肚子、摔跤等是免不了的，而每当有孩子尖利的哭声从口腔中喷涌，李群年或者其他大队干部必然从屋内冲出，站在廊檐上大呵。这个时候，往往是还没等到他们的身影从门内挤出，一旦听到吱呀声，我们就如惊慌的麻雀，四散奔逃。

或许是因为大队书记的身份，我们家东隔壁，也就是我三姥爷家，和他家走得特别近，并且把最小的女儿也就是我老姑，许配给了李群年木讷老实的二儿子，至于他们两家后来的裂缝，则是李群年从大队支书的位置上退下来之后的后话了。他为何从支书的位置退下，当时年少的我没有资格参与信息的分享，但有一个为人所称道的细节，却风传到我的耳朵中。据说那一年，他妻子死活不愿意再让自己的男人再当下去，并不泼辣的她态度强硬，三番五次地去大队部闹腾，而最后一次特别凶，旁人劝都劝不住，坐在自己男人平常端坐的椅子上大哭小叫了整个下午，直到把屎尿拉到椅子上，才被其他干部安排人手强行抬回了家，这一泡屎尿断送了李群年支书的位置，终于将自己的男人拉回了家，成了一名同她一样的平头百姓。

按照母亲那边的辈分，我把李群年称呼为大哥，见面后的称呼往往是"大哥，吃饭没"，或者是"大哥，去赶集啊"，毕竟岁数相差太多，再加上我在外读书的日子居多，所以平常日子里两人时空的相切并不多。尚记得第一次高考失利后，夏天在一起挖塘泥，他对着我说了不少风凉话，具体是什么，我很快忘得干净，这些话语早已被时光完全磨损，我也从没有记恨于他。

印象最深的是，李群年于农活极为上心，尤喜肩扛一把铁锹在田间转悠，有时一天两次，稻子黄稍的时节则一天数次，这个习惯，和我的老父亲雷同。另有一个相似的习惯是，在养护水牛的时候，皆精心得很，夏天的时候我曾亲眼见到，他一边牵着牛缰绳放水牛吃草，一边拿着带叶子的枝条为水牛驱赶蚊蝇，如对待孙子般上心。这些都是农民的本色，李群年和我父亲只不过尤甚。

在村庄里，一些人会在不知不觉中迅速老去。老伴去世后，一个人独守着一个小湾子的李群年，更是不常见了，听母亲说，这时的他一个人还能种七八斗田，除了收割的时候女婿和个别儿子回家帮忙担和挑外，其他时间皆是一个人在忙乎。母亲还分析道："他这也不全是为了卖稻子，一年的收成自己肯定是吃不完的，他又不养猪养鸭子，主要是要等到年底后人都回家后，每个后人都要分一点，省得买粮食吃。"母亲是老门老户的邻居，这个说法绝非空穴来风。

我最后一次见到李群年还是在两年前的夏天，回家小住几天后，带着闺女回转城市。那一天我们包车进城，因为刚下过一阵小雨，道路湿滑，面包车不容易掉头，所以岔道至他家门前，已经七十五岁的李群年正在用镰刀割门前齐人深的蒿草，听见发动机的声音后，戴着草帽瘦削的他从草丛中仰起脸，向我笑着说了几句话，这个时候我才看见，大批的汗珠正从花白的鬓角处渗出，沿着显目的两道寿眉，向下滑落，如同无声的江河，悄悄驶过大地上最隐秘的角落。

# 鳏寡者（一）

我现在不存在，我过去存在

——福克纳

在乡村，人口数量有时会像谜语一样飘落。躺在户口簿上的数字统计如冬眠的蛇类，冰冷而坚硬，这块铁板随时都有可能受到撬动，那些待定的柔性人口伺机嵌入或消隐。他们中一部分是新生儿，随母亲宽大的肚子游走在城市的工厂或城市边缘的工地上，一旦时机成熟，便降生在与村庄人文地理有天壤之别的方外之地，是否有一天进入僵硬的本地户口簿，渗透着很多不确定的因素。还有一些是躯体轰然倒下，并埋入土中的人们，他们的数量屈指可数，有时一年空白，有时一年集中上几个。屈指可数是同新生者比较而来的结果，原因可以从社会学、统计学的原理上去寻找，人口峰值尚未抵达，处于上行线中的一个个村庄，膨胀是必然的。这些人的死亡，只是直接带走了自己的肉体以及亲人们或深或浅的疼痛，其他的一切，包括户口簿上的名字，还需一段时日，才有可能彻底地隐遁。

他们中还有一些特例，即极个别女疯子被村庄的鳏寡者收留，年年月月地相守，以至于成为村庄血脉的一部分。她从哪里来？她的姓氏和家族又是什么？她在哪些村庄停下脚步并被软性收留？这些都成了上帝都难以眷顾的秘密。只有一个事实在发生，她来了，与一个鳏寡者组成了家庭，却不属于户口簿统筹的部分。当然，她也不在乎这种拒绝，而收留者更不在乎，在乡村，如果没有孩子，那就退而求其次要有个家，连个家的也没有，还可以退而求次要有个端茶送水的人。

今天，留守者和离开者间愈发不成比例。春节过后不久，大批短暂的返回者，又重新上路，奔赴附近的汽车站点和火车站点，通过中转再转进天南海北的工地或摊位，成为中国这个最大的工地上创造产值的低端链条。而留守者继续蜷伏，与家畜一道，延续一个村庄的炊烟袅袅，他们中有等待最后一击的年老者，有年龄大小不等的孩子们，最后一种构成，就是那些掐着指头就能算出来的鳏寡者了。这些鳏寡者，虽然常常飞奔于村庄话语的旋涡之中，却不是村庄这条河流的主干道，他们只是分汊的小支流，被难以觉察的地形所分割。

很多时候，村庄与村庄间，村庄这条河流的不同路段，皆是相似的，区别仅仅在于它们拥有各自不同的故事，我想讲述的，恰是这些故事，我希望你能够聆听，因为它们如此真实地存在，即使被冰冷的时光切割，掉落下来的依然是那些真实的碎屑。

一

豫东南，大别山北麓，这个叫新食堂的小村落，埋藏着我内心深处最柔软的时光。我和它的相切，已经有几十年，这几十年来，它谈不上衰老，也谈不上陈旧，只是有些沙石停在了过去的时光中，剩下的沙石尚在流逝。

打我记事开始，一位叫余老头的鳏夫就以极其老态的形象进入我的生活。在故乡，老而失偶者没有特别的称呼，如果是姓陈，则为老陈奶奶，或者陈老头，而对于寡者，则有特定的指称，名之为寡份条子，他们一生基本与娶上媳妇无缘，在中国的北方叫娶婆姨或婆娘，在老家谓之娶媳妇，与儿媳妇有严格的区分。三十几年前，年七十以上而夫妻健在者，几乎是没有的，多数是女性老太能熬过古来稀的年龄，她们往往子孙满堂，如果是分了家，照风俗与小儿子居住在一起，严格意义上，她们也是鳏者，但从人情的要素来考虑，我的讲述要把她们排除在外。

余老头其实有三个孩子，两个儿子，一个闺女。闺女嫁的很远，在我的印象里几乎没来这里瞧瞧她的父亲；小儿子也住在我们湾子，就住在我们大湾对面的一个缓平的山坡余稍，和他也很少打交道，按照我母亲的说法，自己都穷得很，还有一大窝把子（指孩子多），哪能顾上他爹呢！余老头和他的大儿子住在一起，就两口人，因为他的这个儿子是个彻底的寡份条子。他们家的三间土坯屋位于山坡的正下方，我们大湾子的中部，紧挨着三间土坯屋的还有一小间茅草房，当做厨屋来使用。如果跨进这间厨屋，你的眼睛会暂时被黑暗蒙蔽，等恢复一点视线后，屋内的东西便可一目了然，一个水缸，一副水桶，一只铁锅，一盏油灯，灶门口一小堆柴禾，以及泥台之上三五个粗瓷大碗和两三个陶制菜盆，除此之外，还有一样最多的东西，即悬挂在上方如粗粉条般臃肿的杨擦灰。

七十几岁的余老头除了田地外，无菜园，无牛无猪，无狗羊鸡鸭，即使这样，他家门口的空地依然邋遢糊涂，每逢雨雪天，扔出来的破布襟、破草鞋就会被踩进泥里，露出半个身子，如陷入沙地的绝望小船。天光放晴之后，它们挺立在地面上，孤寒峭拔。三十年前，编草鞋如同挽草要子一样，是上了年龄的男人们必备的技艺，余老头和他的儿子都会编。前些年，我在吴宇森执导的电影《赤壁》中曾看到蜀主刘备编草鞋的情节，对照我的记忆，我觉得电影中的细节过于鲜亮，因为我所目击到的编制草鞋的过程非常简单，只需一个木头架子，一颗铁钉，然后是几把干燥、秸秆直硬的稻草即可。余老头的草鞋比之湾子里其他人等，一年中使用的时限会明显加长，原因绝不在于他的脚部容易出汗或者得了脚气，而是他实在没钱买鞋，家里没有女人，当然没有柔软布底的布鞋，他的小儿媳妇是个好吃懒做的家伙，不光如此，叫骂的功夫远近闻名。据说曾有一次，在后山头上与后湾的一个女人叫骂了整整一个上午，引来无数人围观，照样嗓音清亮，情绪高亢，仅仅是中午回家需要吃上三碗干饭才能填饱肚子。有几次，我在放学之后经过湾子中间，目睹这个女人站在三间土坯屋门前，粪土文字，跳着叫骂她的公爹，荡起的尘雾偶然会迷住我的双眼，塞进我敞开的牙齿缝隙中。可怜的余老头只好关上大门，插上门栓。

七十几岁的余老头多少有点驼背，喜欢挂着拐杖到处转悠，尤其喜欢赶集。常常是兜里没一分钱，去集上闻一闻炸糖糕或炸油条的滋味，然后欣欣而归。分田到户时，按人头每人一斗五升（约合一亩二分）田，外加几小块旱地，他们家分到三斗田，全部是大儿子耕种，人老了，他也过了下田干活的年龄。听村里人说，这爷俩饭量皆奇大，没菜就饭，就是白饭也是人均两碗。其实他家是有菜地的，但不知出于什么原因，被小儿媳妇弄走了，所以菜总是比粮食断的快，一般是左邻右舍送一点救急，新鲜的菜也有，不过大多是腌制的腊菜，从缸里捞一大把，就够他们吃上个把月的，我母亲曾多次把吃不了的腊菜送给他们，我则是跑腿者。

余老头有两大爱好，这两大爱好皆蹊径独辟，请容我慢慢道来。其一是爱喝酒，这算不了什么，关键是酒量奇大，当时乡村流行的有两种白酒，一是县酒厂生产的瓶装散酒，每斤一块五左右；二是当地人酿制的米酒，每斤八角，酿制这种米酒不需要特别的技艺，我父母皆会酿制，想起十几年前的一段日子，酿制米酒成了我们家最主要的副业。然而余老头是无钱买酒的，只能乘着其他人家红白喜事的时候，凑过去，过过酒瘾，至于是否过足，答案估计是否定的，因为酒量实在太大，一般人家实在管不起。快到年关的时候，我们家每每会自己酿制一次米酒，为正月备用。酿酒是个大事件，我们兄弟几个要及时在场，等待大人们的叫口，酿的时候，大火将酒镇中的发酵米饭狠狠熏蒸，清亮的米酒就会沿着竹子做成的溜子向下流淌，注入酒坛之中。有一次，余老头听见了我们家正在酿酒的风声，急急赶来，也不言语，眼光直勾勾地盯着酒镇，酒出来后，母亲用茶缸舀了满满一缸给他，但见他仰脖间茶缸就已经空了，显然是不过瘾，母亲常说他可怜，欠酒喝，于是又舀了两茶缸，同样是一饮而尽，瞅瞅他的表情总算满意初现，以我的目测，这只茶缸可装四到五两酒，而这种米酒的度数相当于今天的中度白酒。

他的爱好之二是好吃肉，既不是炖的肉骨，也不是炒的肉片，而是放上一段后带有臭味的腐肉。所以，余老头很喜欢夏天，这个季节，鲜肉会迅速变腐。夏天却又常常是缺肉的季节，湾子里的人家皆是，更别说常常一日两顿饭的爷俩了，除非儿子给别人打短工帮忙，带一点肉回来，在这稀有的时刻，余老头的癖好就会派上用场，即使是没有酒伴之，那种深壑般的快乐也会倏然莅临。到了春节，往往是肉类集中登场的时候，被人们晒成腊肉，挂在外墙壁上，接受阳光的击打，余老头家也不例外，会挂上那么几副，寒天冰地，想使鲜肉自然趋腐，几乎是不可能的事情，过程的漫长，也不符合余老头急切的性格。他只能接受事实，吃一些腊肉，而嘴瘾的满足，则要期望夏天的快速到来了。近几年与青年学生接触，每当闻见其喜欢夏天的私语，在我记忆的波浪里，总会立刻荡起余老头那浑浊而直切的眼神。

在与这位老人相切的岁月里，他又顺流而下飘荡了十年的光阴，20世纪80年代末，余老头在一个冬天悄然倒地，很快埋入土中。听母亲说他的大儿子没掉一滴眼泪，而一毛不拔的小儿媳妇在埋棺那天，哭声荡漾，声震数个山头，成为那几年方圆几十里，老人逝后最成功的一折哭戏。

## 二

余中里，也就是上文中提到的余老头的大儿子，当时已经五十出头，是湾子里岁数最大的寡份条子。余姓我能断定，但后面的中里二字，却出自我的臆测，那个时候，村子里不存在校正名字的习惯，判断上一辈人的名字，唯有一个途径，即红白喜事时借来的桌椅腿部，会用黑墨水或红墨水写上当家者的名字，以免混淆。余老头家几乎无桌椅可言，这个唯一可以透视秘密的途径便隐入空虚。而女人的名号是很难涂抹上去的，对于外人，因而隐藏极深，这种符号，今天看来是乡村女性柔弱的显明见证，那个时候的我却不自知，这让我想起印度诗人泰戈尔的一个判断：离你最近的地方，却有着最远的距离。

他父亲还在世的时候，湾子里的人就叫他老余，与我的许多父辈一样，老余从未踏进学堂一步。我父亲因为搞推销的缘故，还能歪歪扭扭地写出自己的姓和名字，也能计算一些简单的账目，老余不仅识不出构成姓名的三个汉字，超过十以上的加减法都会成为问题，不得已的时候，只能撒出长短不一的小树棍缓缓比画。

老余的个头在湾子里，算是高的，两只小眼睛挤在一起，嵌入脸的上方，红红的鼻头在冬天愈发醒目，眼睛以下，密布粗硬的胡茬。那个时候，乡村剃头师傅到每家轮换的期限一般在两个月左右，家里没有备下刮胡刀的老余，自然难见青光平滑的脸面。话说转来，男人们中有几个备有刮胡刀呢！老余的络腮胡子非常特别，除了密和长外，白者尽白黑者尽黑，掺杂在一起，如白米撒入黑豆之中。或许是长期从事体力劳动的缘故，老余腰部以下，长而粗壮，这使得他走起路来抖动有力，大步流星。如果不是冬天，老余的头上肯定会戴上一顶破草帽，这种苇编的帽子用于野外劳作时遮挡小雨或强光，家家户户必备，而他头上的这顶实在是太破烂了，外面几圈年轮已经掉落，露出锯齿的形状，草帽顶部因霉变而变得斑驳，如果你取下这顶草帽，察看内檐，那一道焦黄发黑的汗渍便历历在目。

在乡村，到了一定岁数后的男人没有不想娶媳妇的。今天当我说出这句话时，思量甚多，我知道这句话不存在语法错误，但存在逻辑错误，可我还是要说出它，因为搜遍我记忆覆盖的角落，没有找到任何特例。为何老余在年轻的时候没寻上媳妇，这里面并没有隐藏多大的秘密，而过程也谈不上复杂，穷的差点连自己也养活不了，哪还有能力娶上媳妇。穷是一座大山，它会压扁欲望，甚至一些简单的想法。

在一切实写、改编、虚构的故事体系之中，人们尊奉性格——命运的编纂思路，对这个思路我也是信之无疑，而现在，当我去回望老余的人生故事的时候，我却有点踌躇。放在乡村道德谱系之下，老余的性格及行为习惯如清风朗日，他敦厚老实，不争长短，以吃亏为本相，弟媳妇叫骂他时，总是默立一会儿，然后扭头就走，过后几天，再将自己打短工挣来的一些好吃的东西，分送给他的弟弟一家。与嗜酒的老父形成鲜明对照，老余不沾酒水，偶尔吧嗒几口旱烟，那也是在彻底闲下来的时候。在那十年，老余就是我们湾子的公共短工，无论谁家，如果在劳作上需要帮忙，老余总是第一个到场者，割稻收麦，打米打面，上梁放瓦，放树挖坑等等，人的事他帮，牲畜的事他也帮。

那几年，因为父亲有时出去推销陶瓷，赶不上农活的时候，老余总会到我们家帮忙，母亲常常以米面作为结算单位，然后到年关的时候，也总会让我跑腿，送一些腌好的酒肉及包好的饺子给他爷俩。"真是个忠厚老实的人啊"，这句话在老余死后十几年间，母亲还常常念叨。1986年，父亲打算将十五里地开外的我爷爷的坟地迁回后山重新安葬，择好日子后，老余和七八人等一大早出发，起棺，抬棺。按照风俗，头天晚上，必须要有人睡在底层是白石灰的墓穴里，我们兄弟三人中，大哥当年还不到二十岁，一个人睡在野外的墓穴中，肯定没这个胆量，正发愁间，站在旁边的老余缓缓说出："我今晚去陪刘旺一块睡在那里吧，他一个人太骇人了！"一个大湾子，也就老余能帮这个忙了，等重新安葬的事办妥，母亲专门安排大哥挑两箩筐麦子送给他。

对好吃好喝的余老头，老余的所作所为没有给邻居们留下任何话柄，不打短工的时候，他一个人要为老父亲烧饭洗衣，说话也是细声细语。大热天别人睡午觉的时候，他就戴着草帽，拿起镰刀，去沟沟坎坎砍些荆棘，捆好挑回，曝晒一段后就可当做柴禾。余老头死时，弟妹皆没有出头，他一个人忙前忙后，将丧事办了下来，正如上文所说，没有掉一滴眼泪。不过待到来年初一拜新灵的时候，据说他一个人跑到余老头的坟地上，大哭一场，这个场景恰被正在荒山野地游荡的另一个寡份条子王年看见，回来后，很快将此话把传遍整个湾子，并以此为笑料，嘲讽了老余好几年，而老余并不在意。

老余对孩子尤其亲切，湾子里像我这样大小的男孩子，脸蛋都被他那粗硬的胡茬扎弄过。他总是乘我们不注意，一把搂到怀里，然后用有力的两只大手掐住胳肢窝，举到胡子的部位，嘴里说着："来啊，疼一下（亲一下）！"接着，胡子就以排山倒海的态势倾轧过来，一种别样的刺痛油然而生。当然，他最疼的还是他的两个和我年龄相仿的侄子，别的人家有喜事帮忙，老余总会分到一些喜糖，他揣进兜后，舍不得吃，晚上回家路上，总是拐往兄弟家，将糖豆分给两个侄子。

余老头死之后第四年，湾子里住在地势最高的一户人家搬到街上居住，他们的大儿子，也就是现任的村支书从另一个湾子里迁来。打算在原有土房的基础上盖六间砖房，当时请了很多人去帮忙，老余当然不会例外。在推倒一面山墙的时候，不知何故，后面的人们都跑了出来，唯独老余还待在那里，山墙轰的一声摔向地面，等人们醒过神来，扒开厚重的层层土坯，才发现老余满脸是血地躺在下面，连一声都没喊出就咽了气。

事后，村支书赔了一副棺材，还有一些现金补偿，但落进了弟媳妇的腰包，没有吹吹打打，也没有道士的念念有词，他的尸身很快被埋入土中，与他的父亲葬在一起，两个坟头紧挨在一起，像是一对兄弟牵着手静卧在那里。事情发生时，我当时正在求学，回来后母亲在第一时间告诉了我此事，看得出，母亲很伤心，但当时的我并没什么感觉。

十几年后，今天的我坐在桌前，当我用文字去抚摩那些散落在时光中的片断，重新温习他的音容笑貌的时候，我的眼泪禁不住奔涌，因为我知道，在那片大地下，安睡着我太多的亲人，这批亲人中，一定有一个叫余中里的人。

# 鳏寡者（二）

　　泰戈尔说过："离你最近的地方，却有着最远的距离。"埋在我们心口的故乡既是如此，日夜梦回，却又渐行渐远。至于村庄中鳏寡者这一群体，随着他们的渐渐凋零，那些幽深的井口迅速闭合，曾经的熟悉诸种，事后想来，皆成为谜语之一种。

　　在故乡，我们一般用隔墙二字指代隔壁人家。村庄人家散布于两条小土丘间或脊背或土坡处，能够隔墙而居的人家实际上极少。而住在我们家隔壁的三姥爷家，不仅与我家隔墙而邻，而且曾经共用一道山墙，这道山墙用土坯砌成，下半部为我们家所垒，顶部为三姥爷家所砌。过去，它深埋在一条水平线上的八间房子中间，因为母亲和三姥娘的斗气，时不时地被翻卷上来，以静默的态势，直面少年时的我的好奇和仰望。

　　很多年过去了，这道斑驳粗糙的山墙早已被更加斑驳的时光湮没，一同湮没的还有三姥爷和三姥娘这老两口。如今，三姥爷最小的儿子，也就是我的老舅也做了爷爷，他盖起的两层小楼与我们家的四间砖房隔壁而立，彼此依然相邻而居。

　　三姥爷姓梅，与我母亲同一户族，虽然远了些，各有各的直系宗族，而按照辈分，完全可以派上。三姥爷有四儿一女，从我懂事的时候就知道，三姥娘是填房，生育了我老舅和老姑两人，其他三个舅舅皆为原配所生。除开我老姑，这四个儿子中，最先成家的是我的老舅，也就是最小的舅舅。其他三个舅舅，差点都成为寡份条子。

打我记事开始，最大的舅舅就一个人单住，隔着几块不规则的水田，在正后方一百多米处。三间土坯屋加上一小间更加低矮的屋子，一头毛驴，另有一些简单的家什，便是他的全部家当。小毛驴用来拉架子车，间或也帮忙磨磨豆腐，它就住在小矮屋内，几乎夜夜嘶鸣，但是直到老死，也没瞅见大舅娶上媳妇。更换了另外一头毛驴之后，大舅方转了运气，在临近四十岁的时候，入赘到十几里地以外的一个寡妇家，总算摆脱了寡份条子的称呼，成为一个真正有家有当的人。再后来，大舅一口气添了两个儿子一个闺女，以及三姥爷埋棺的时候，六十好几的人了，还眼泪眉毛一把抓地躺在坟地旁打滚，起来后与我老舅斗了一大架，这些都是后话了。在此之前的十几年中，单是三姥爷一家就有三个寡份条子，数量上几乎占到整个村子的三分之一，而稍显驼背的三姥爷依然和声细语，磨豆腐，编制竹器，耕作田地，少见使闲的时候。尤其是与人说话之际，长眉凑拥，笑意从牙齿缝和嘴角处流泻出来。三姥爷个子本来就低，笑容抖动的时候，像极了《西游记》中被孙猴棍棒敲打出的土地。虽然母亲背地里常念叨他有一颗狠毒心，自始至终，我从不这样认为。

大舅出门成家后，三姥爷家，寡份条子由三个改成两个，老两口多少舒了口气。这两个，一个是我的二舅，一个是我的三舅。其中二舅的辞世早于两位老人，三舅目前依然一个人过生活。我要讲述的，恰是这两位舅舅的故事，作为彻底的寡者，他们从未被任何目光照耀过，至于我的话语能否深入幽幽的井壁，并没有十足的把握。

# 一

三姥爷家之所以出了这么多寡份条子，首要原因当然是穷困。三舅今年六十有二，四十多年前，也就是20世纪60年代末，村庄里的人家除了勉强维持温饱，多数家庭皆是别无长物。这个性质上还属于大集体的时代，单是我们一个湾子，就产出了十个左右的寡份条子，我在上文曾经明确交代，湾子其实并不大，在人口趋近峰值的前几年，也就二百人左右。分田到户之后，能够称得上寡份条子的后进仅一人尔，与此前有了鲜明对比。

其实除了穷之外，还有一个原因，即三姥爷一家成分不好。土改划成分时，三姥爷家本可归入中农，最高至富农，却因为我父亲的继父，也就是我后爷原因，被划成了地主。有一次母亲无意间告诉，解放前我后爷曾是三姥爷家的长工，受气是肯定的，是否怀恨在心，我一无所知，不管怎样，解放后的阶级大翻身，倒错了双方的位置。我后爷借此找寻出口长气的机会，这不，机会说来就来，划成分时听说三姥爷家成了中农，他便赤着脚板狂奔几十里地，进得区政府的大门，倒地便哭，三十几岁的汉子毫无顾惜地满地打滚，这里我需要备注一下，在故乡，上至耄耋，下至婴幼，哭得满地打滚，乃最高的伤心标志，打滚这一标识，不到万不得已之际，轻易不会拿出使用。后爷的震天哭声不仅引来一干大官，而且也改变了政策的结果，下午，区政府就派专人来到我们村，第一时间召开贫农大会，当晚宣布三姥爷一家为地主成分，并展开批斗。其间的细节，母亲语焉不详，可以断定的是，三姥爷一家从成分划定那天算起，一直到分田到户，近三十年间一直夹着尾巴做人。"三年自然灾害"期间，尤其是老家人常念叨的1959年是如何挨过艰难的，我几乎是一无所知，我所知道的是，这一年，获得阶级翻身后的我后爷，我奶，我叔（后爷的原配所生）全部饿死。一家四口人（有个姑姑是在出门后饿死，按照老家的习俗，出门的姑娘不能算本家人），仅父亲一人得以幸免，得免的原因是父亲当时在区粮管所下面的一个派驻点工作。

一大家子能够在1959年存活下来，三姥爷一定有他的存活之道。话说转来，活是活下来了，我三个舅舅成家立业的大事却被耽搁了。或者可以这样说，在活着面前，其他的一切仍然还是奢侈品。

二舅成了彻底的寡者，其实还另有隐情。按照湾子里老人们的说法，二舅年轻的时候不仅聪明能干，处事实诚可靠，而且相貌俊俏。"他要是好好的，说他说不上媳妇，那一个公社的人都要打光棍！"这是一位老人对我说过的原话。年轻时的二舅我没有见过，但是我见过年轻时老舅的容貌，怎么说呢，如果和我相比，他在天上，我就在地上，根本不是一个级别。

过了1959年粮食关没几年，大舅和二舅用架子车拉着窑货走到息县包信这个地方，驾套的毛驴受惊侧跑，带翻了车子，等大舅晃过神来，但见侧翻的架子车紧紧地压住了二弟的双腿，据说，二舅当即疼得昏死过去。后来好不容易送到医院，拍片的结果是膝盖以下到脚面的腿骨粉碎性骨折。这一年，二舅十九岁。

回来后，二舅哭了几天几夜，水米不进。再后来，就成了一个彻底的瘫子，只能整日卧在床上。翻身、洗澡、大小便，加上换洗衣服，皆由三姥爷负责，分田到户后，三姥爷日渐衰老，这些日常事务改由三舅负责。

二十几年前，三姥爷家翻盖堂屋，无处安置的二舅暂时挪到我们家住，母亲腾出前厅房中的一间屋子，打扫干净，以供其用。还是由三舅来服侍，有时候母亲会搭把手。母亲常常在我们弟兄三个面前夸赞二舅，说他品行好，心眼善，没有歪点子，说了这么几句之后，顺带着腌臜除二舅、三舅外，三姥爷他们全家，我们都默不做声。在此之前，听说二舅要来，我和哥哥都很高兴，因为二舅虽是个瘫子，对我们却都很亲。他搬来住的那一段，我正在上小学，时不时蹿到二舅床前，看他编织渔网或其他家什，有时还会跳到床上玩闹。那个时段，作为幸福时光的时段，因为二舅的到来，又明显加重。

还是在二舅搬来的那一段，因为琐事，母亲和三姥娘大吵了一架，叫骂声与二舅所在的床铺仅仅隔了一道土墙和一扇窗户。声声入耳，当时我就立在床边，然后发现二舅哭了，但见他扬起双手甩到头顶，又急速甩落到覆盖在双腿的被子上，配合着手臂的挥舞，头部和脊背也大幅度地垂下，直起，如此这般数次，伴着大滴眼泪落下的还有他口中的言语，"你们别吵了！都是因为我这个瘫子啊，我咋不早点死啊！省得你们都受罪！"我被二舅的动作吓坏了，呆立在一旁，完全蒙了。那是我平生第一次见到二舅掉泪，也是唯一的一次。母亲吵完后转身就进了二舅所在的屋子，对着他说："二弟，恁（你）别哭，我不是对你的，你还得在俺家住，她不侍候恁，我侍候恁。"

从初中开始，我就开始了住校生涯，回来得少，自然与二舅的相见就少多了。一般情况下，回来后就会瞅个机会跑到二舅屋子里，和他说说话。二舅也非常喜欢和我说话，尤其是在我上大学后，我能给他带去的不仅是国际新闻，而且还有另外一个生活世界的讯息。他在和我说话的时候，手上的活从不停顿。不得不说，二舅的手很巧，编织渔网的功夫绝对是一流，而且还会打毛衣，做其他针线活，包括纳鞋底，这些小活计，湾子里的女人们几乎无人能赶上。或许是太喜欢听新闻了，所以二舅委托老舅，将卖渔网的钱留出来一点，给他买个收音机，其他部分，上交给三姥爷，由大家庭支配。这个小收音机伴随他走过最后十几年的岁月，成为其最爱。还是在分田到户后，二舅开始享受免收提留，以及少量伤残补助的优惠政策，他为此非常高兴。

从我上高中后，相见就愈发稀少。这个时候的二舅面色白润，全身暴露出的血管如青色的长虫，在身体内部游走，人也消瘦了一些，不过，精神头还不错。说话时依然是细声软语，听三舅说及，就是饭量渐渐少了。等到我上了大学，也就是利用寒暑假的机会，去和他念叨念叨。我曾和他讲过史铁生和张海迪的故事，听完后，他斜眉向我，说道："这世上还有这样的人！他们都比我厉害呢，我这辈子是算了！"

我心里想："二舅您也够可以，瘫在床上几十年，手头从没有闲过，单是渔网和织的麻绳就数不胜数。"

偶然的一次，我发现二舅须发皆白，皮肤因为长期接触不到阳光的照射，白卡卡地，柔弱的令人心痛。

1997年，这是我参加工作的第一年，过年回家，进门后不久，母亲就告诉我，"隔墙的恁二舅死了！"

大惊之后，我问道："咋回事？"

"老死的呗，冬月间的一天晚上，下了瓢泼大雨，就在那个晚上，前湾子的赵秀和恁二舅都死了。真可怜，他死了也不受罪了，真是好人没长寿啊！"母亲在说最后一句的时候明显加重了语气，脸上的悲戚飘落过来，空气也因之静止了一会儿。过后没几天，我大哥带着我，手上拿着香火纸炮，去到二舅的坟地前，磕头上坟。

二舅的坟地位于土岭下的凹陷处，正对着一冲水田。后来每次回老家，经过对面的一个小土岭的时候，我的眼光常常不自觉地拐向那处凹陷之地。只是后来坟头渐多，再加上荒草萋萋，竟难以识别坟头的准确位置了。

对了，忘了告诉大家，二舅大名梅金德，小名未知，生年未知，辞世于1997年的岁末。此际，寒冷渐紧，缓缓地将村庄和大地包裹。

# 二

在乡村，天理命数既是古老的遗存，又是基本的筋脉，缠绕在所有人的口头言语和潜意识之上。不过，对于成年人来说，心甘情愿地认命毕竟是极少见的，而三舅就是极少见中的一员。同样是在乡村，总会有些意外的波动贴近成年人的日常现实，吵架、抬杠、打架，与大队干部或乡计生干部顶嘴，或者偷鸡摸狗，赌博，投机倒把，或者两口子生气喝了农药，等等。风波乍起，必搅动一池春水。这些意外的波动，似乎也与三舅没有丝毫关系，自打我记事的三十年间，三舅一直就是一方平静的池塘。池塘里没有荷花，没有水草，没有旋涡，甚至是水体的颜色也从未跟随四季的更替而变换。

多年以来，三舅总是一个人来去，忙忙碌碌，奔波不停。别说是说媳妇，就是女人这个因素，也从未和他发生过关联。湾子里其他寡份条子，多少会有些异动，而三舅，一直都没有。好像从三十出头开始，他就认了寡份条子这个命。湾子里的人们，也从未就说媳妇成家等问题讨论过三舅，大家似乎有个一致的看法——梅友（三舅的大名）天生就是寡份条子的命。

认命这个主题，在古老的戏剧、小说，以及现代的影视作品中，是个常说常新的话题，往往伴随着巨大的戏剧冲突和宿命般的失败。而三舅身上的认命却是另一番模样，它太平静了，平静得让人不可思议。

夏夜的某一天，在门口凉风，我和三舅有一搭没一搭说着闲话，无意间提到了算命这个问题，我问他算过命没有。

"就算过一次，还是盖俺家堂屋的时候，陈瞎子也来了，给好多人都算过命。我是最后才凑过去的，他问了我的生辰八字，掐了之后就说：'呀嘞！恁咋还在啊！依这八字，早都没有恁了！'"三舅说这些话的时候，在夜色的侵袭下，我看不见他的神情，只有两指间的烟头随着他的吮吸，或明或暗。单从语调上判断，他好像是在说着他人的事情。

湾子里的家禽牲畜，花草果树，一茬茬地衰老和新生，一批批从学堂里退出的孩子，到了十五六的年龄，也会跟随亲戚外出，流转于天南海北的各个工地之上，一些人搬离了村庄，另一些人将新媳妇娶进来。在这些变数中，三舅的老去似乎是最微小的一种，不知不觉中，一些皱纹开始在他的脸面上堆砌。三舅也曾跟随打工风潮出过一次远门，听他说是去了武汉，在工地上提灰桶（即建筑工地上的小工），干了三个月，就跑回来了。这唯一的一次打工经历，我常听他道及，至于跑回来的原因，他自称是自身太削吧（单薄）之故。这个说法我是相信的，以我对三舅的了解，他在干体力活的时候从来不惜力，实在是太实诚了，这样的人上工地，往往会摊上最重最苦的体力活，当时的三舅已经是五十好几的人了，这些活计他也确实干不下来。

老舅成家之后没几年，三姥爷家这个大家庭开始分家，原本强势的三姥娘碰见了更加强势的儿媳妇，不仅家财被算计个够，三姥爷老两口还被驱赶到原来隶属于大舅的三间土坯屋。一来家里还有个瘫子，二来三舅不仅是干活的好把式，而且向来无争无怨，二舅和三舅虽然也分了出来，单独成家，基本上还算是依托老舅一家，住在二舅过去居住的三间屋子内。说起老妗子这个人，母亲的评价是毒性比三姥娘还强，看上去人高马大，一双大眼睛自从得了甲亢之后，暴突而出，再加上吵架时音阶极高，三姥娘不是她的对手也是情理之中的事情了。前几年，三姥爷老两口相继辞世后，母亲常对我念叨："恁三姥爷两口是被恁老妗子生生饿死的，全湾子人都知道。"

"尽胡说，他们都八十好几了，是老死的罢，恁别老说俺老妗子的坏话好不好！"我这样对母亲说道。

分家之后，三舅从三姥爷手中接过了磨豆腐的活计，平日里三五天磨个豆腐，以贴补家用。磨好豆腐后，一大早就挑着担子在方圆几里地内转悠。三舅的豆腐非常受欢迎，一个是豆腐的品质好，另外就是三舅这个人面善心善。有一次卖豆腐，遇见一位不怎么认识钱的老奶奶，错把一张五十当作十元的人民币给了三舅，他当时也没在意，回来算账发现出了问题，马上又出门，到买了豆腐的人家一个挨一个地询问，总算把这位老奶奶找了出来，把多给的钱退了出去。

　　这几年，老舅一家基本上举家外出打工，家禽牲畜，田地里的活计，柴米油盐，看家护院等，都交给了三舅一人打理。比如在夏天的正午头，他也很少休息，一般会戴上草帽，提着一杯水，上荒山上去砍柴禾，一个夏天，就可以砍上几垛柴禾，老舅一家春节回家后，这些柴禾足够烧。

　　住在三舅西隔壁的另一个寡份条子王年当面多次说过三舅，"梅友，恁真能斗，累那很弄啥子呢，恁那累的都给了梅意（我老舅），他们还不赶情恁。混一点，吃点喝点，我要搁是恁，我才不斗呢！"

　　"那恁咋弄，他们都走了，我一个人在家，也得吃家伙，我要是不斗的话，啥都吃不到嘴！"三舅微带着笑意说道，然后扭头又去忙活去了。

　　前年暑假回家小住，与三舅闲话时得知，他得了肾结石，我本以为并不严重，就建议他去打打激光，三舅告诉我，说他的结石太多了，也打过，却打不干净，还去信阳查了一次，医生建议他做个手术，费用大概是两万多元。我问他为何不去做，"钱还是小事，医生说做过手术后要静养休息半年，那不是要我命吗？家里还有猪，还有鸡，半年不干活，啥都吃不到嘴！"这是三舅的原话，我听后默然。我问他疼起来怎么办，他告诉我，他在潢川的一个老俵给他开的药，疼起来就吃点药，挺一挺就过去了。"还不知会活多少年呢，反正是熬到死呗。"说这些话时，三舅脸上微微的笑意，如同露水般，飘落到四周的草丛里。

临近年关，也是三舅最忙的时候，一天要磨一个豆腐，家家户户都要存用。常常是这样，他把磨好的豆腐、豆筋、千张一并送到我家，给钱的时候，他摇手示意道，过几天再一块算账。

对了，我还要告诉大家的是，三舅的豆腐依然是纯手工制作，不仅味道纯正，而且非常干净。我曾数次踱步到他的豆腐坊内，亲眼目击他的一系列制作豆腐的流程，也因此，我才敢于下出干净如许的断语。

三舅除了抽烟之外，无任何嗜好。春节若是回转故乡，走之前，我总会收罗几包不大常见的烟，回去后，指令我的侄子，第一时间送给他的三舅爷。

"我一辈子吸的最好的烟，就是隔墙的俺小外甥带给我的烟，那烟俺都不知道叫啥名。"三舅偶然会对王年这样说道。

# 后　记

　　当下散文写作格局之中，左手写诗歌，右手写散文的作者，或者左手写小说，右手写散文的作者，如江河两岸的湖泊，层出不穷，星罗棋布。他们的涌入，为散文写作带来新的气象和活力，那些看上去似乎更纯粹的散文作者，与之相比较，往往有一种瓶颈现象的存在，这也是散文生态中，颇有意味的构成部分。惭愧的是，我本人从未有过写诗歌或小说的经历，如果一定以左右互搏的话题切入的话，勉强说起，只能算一个左手写评论，右手写散文的作者。

　　这部集子所收录的文章，呈现出某种时间上的跨度。我并非一位职业写作者，所以，写得很慢，也写得很少，且为断断续续的形式。最早拿起笔，在2000年左右，那个时候还没有走上评论的路子，只会写一些散文，抚今追昔，"悔其少作"的情况不仅没有避免，反而特别严重。从2004年开始，又经历了近五年的停笔期，只是远离了写作，好在并没有远离阅读。停笔的原因，或许是丧失了写作的信心和热情，关于中间的空白期，我从来没有做过这样的设想，即"如果我能够继续写作，也许会写得更好，从而摆脱目前居于边缘的状况"。因为我知道，在几乎所有的时间点上，世界上总会有少许人，将自我的躯体撕裂，投放到江河湖海里，投放到炽烈的火焰里，或者让煤气或毒药长驱直入肺部和胃里，或者以冰冷的铁器，切割柔软的肉体和血液。比起这些生命形式的戛然而止，远离写作，算不上什么事件。汶川地震之后，我的世界观稍有调整，重新拿起笔，进入汉字书写的阵容，集子里大部分篇章，就完成于这一时间段，只有《老城的表情》系列篇章中的前几个，写于中断之前，如此归置在一起，自然有气息上的起伏。

2010年起，因为职业的因素，我的工作重心转移到当代小说散文评论上来。这其中的小说评论，主要面对的是新世纪以来的文学豫军，散文评论则超越了地方性的视域。从这个时候算起，散文随笔的写作成了真正的业余。

散文是个人与世界相遇的方式，狄尔泰曾经说过："一切沉思、严肃的探索和思维皆源于生活这个深不可测的东西。"扰万物之动者，莫疾乎风！在时代的风暴面前，我愿意做一个观察者、思考者和记录者，而不愿充当一个判断者、审查者，因为我的耳畔时常回荡起里尔克的诗句：**没有认识痛苦／没有学会爱情／而死亡／还没有真正开始**。

是为后记。